一场历险

一次纪念

《日瓦戈医生》出版记

［美］保罗·曼科苏 著
初金一 译

广西师范大学出版社
·桂林·

目录

i 序　言 （埃里克·瓦金）

vii 致　谢

001 导　言

005 第一章 《日瓦戈医生》俄文版在西方

035 第二章 刺穿铁幕：《日瓦戈医生》的东欧诸版本

065 第三章 《日瓦戈医生》在南美

087 图片列表

095 参考文献

109 译后记

1

鲍里斯·帕斯捷尔纳克，别列捷尔金诺，1959 年

序 言

胡佛研究所图书馆和档案馆很高兴再次将鲍里斯·帕斯捷尔纳克的杰作《日瓦戈医生》近三十个版本公之于众。这本书历经沧桑与磨难的出版史，在保罗·曼科苏（Paolo Mancosu）的努力下得以重见天日。保罗·曼科苏是加利福尼亚大学伯克利分校哲学系的教授、胡佛研究所的访问研究员，同时还是一位《日瓦戈医生》出版史的专家。这部世界文学杰作漫长的流传旅程，是冷战时代思想战场上最重要的篇章。

这本小册子的发布，是伴随着“二十世纪的诗歌与政治：鲍里斯·帕斯捷尔纳克、他的家庭、他的小说《日瓦戈医生》”学术研讨会一同进行的。此次学术盛会于2015年9月28日至10月2日在斯坦福大学举办。会议的组织者是帕斯捷尔纳克研究的杰出权威，斯坦福大学斯拉夫语言文学系的教授拉扎尔·弗莱施曼（Lazar Fleishman）。正是在此次召集了研究这位诺贝尔奖得主及其作品的众多学者的会议上，曼科苏教授作了主题发言。因为本馆是全世界最大的帕斯捷尔纳克家族材料的藏地，协办这次向《日瓦戈医生》致敬的会议，资助这本小册子的出版，同时展出馆藏的版本，对胡佛研究所图书馆和档案馆而言，尽在情理之中。

的确，1996年在弗莱施曼教授的促进和斯坦福大学图书馆系统的协助下，胡佛研究所取得了诗人的姐姐约瑟芬·帕斯捷尔纳克（Josephine Pasternak）的档案。这些资料包括了其他家庭成员，特别是她著名的弟弟、杰出的父母画家列昂尼德·帕斯捷尔纳克（Leonid Pasternak）和钢琴演奏家罗莎莉亚·帕斯捷尔纳克（Rosalia Pasternak）的材料。之后，由帕斯捷尔纳克在莫斯科的家人掌握和扫描的大量电子材料，也被补充到胡佛研究所的馆藏之中。今年，在斯坦福大学图书馆系统的协助下，我们又获得了牛津的帕斯捷尔纳克基金掌握的鲍里斯·列昂尼多维奇的妹妹，利季娅·帕斯捷尔纳克·斯雷特（Lydia Pasternak Slater）以及其他家庭成员的材料。这样一来，这个卓越不凡又才华横溢的家族的遗产，在胡佛研究所得到了团聚。

帕斯捷尔纳克家族材料，还在胡佛研究所的其他馆藏档案中得到了补充。值得一提的有：加利福尼亚大学伯克利分校俄罗斯文学荣休教授、帕斯捷尔纳克诗歌和散文的主编格列勃·司徒卢威（Gleb Struve）的藏品（本馆于1985年取得）；传奇式的帕斯捷尔纳克作品收藏家欧文·T. 霍里茨曼（Irwin T. Holtzman）的藏品（本馆于1998年取得）；还有意大利记者谢尔吉奥·德安杰罗（Sergio d'Angelo）的藏品，他于1956年在诗人莫斯科近郊的家中访问过诗人，将《日瓦戈医生》手稿偷偷带出苏联，并转移给米兰的出版人詹贾科莫·菲尔特里奈利（Giangiacomo Feltrinelli），后者在1957年用意大利语发行了这本小说在世界上的第一个版本（本馆于2014年取得）。

与此同时，在2010年，胡佛研究所出版社出版了《鲍里斯·帕斯捷尔纳克：1921—1960年家庭通信》（*Boris*

Pasternak: Family Correspondence, 1921-1960），这是诗人与他的父母和两个姐妹在四十年的分离中那些读起来让人心酸的信件的第一部英文译本。这些信件由尼古拉斯·帕斯捷尔纳克·斯雷特（Nicholas Pasternak Slater），诗人的外甥用美妙的语言译成。

为了研究第一次世界大战的起因，致力于减轻战争悲剧性的后果对贫民的影响，亨伯特·胡佛于1919年建立了胡佛研究所。现在胡佛研究所已经成为世界上最具领导力的学术研究中心之一。为了收集、保存并提供关于世界上的政治、社会与经济变革最重要的材料而建成的胡佛研究所图书馆和档案馆，因是俄罗斯境外收藏有关于俄苏历史最优质和最广泛档案的中心之一而闻名于世，其中包括俄罗斯侨民的遗物，以及知识分子在当时政体下所扮演的艰苦角色的材料。

在胡佛研究所图书馆和档案馆以及斯坦福大学图书馆系统关于苏维埃时期俄罗斯文学与文化的馆藏中，帕斯捷尔纳克家族材料占有突出位置。这本小册子是对《日瓦戈医生》出版史研究的新贡献。

埃里克·瓦金（Eric Wakin）
美国斯坦福大学胡佛研究所副所长、研究员
胡佛图书馆和档案馆馆长

致 谢

我非常感谢埃里克·瓦金和拉扎尔·弗莱施曼建议我将我个人的藏品和胡佛研究所图书馆和档案馆以及斯坦福大学图书馆系统的藏品进行整合索引并展览。此外，胡佛档案馆的琳达·伯纳德（Linda Bernard）、萨米拉·勃佐尔季（Samira Bozorgi）和罗拉·索洛卡（Lora Soroka）也为我提供了无价帮助。我要感谢胡佛档案馆的丹尼尔·哈尔威斯（Daniel Jarvis）在准备本书中几乎全部艺术品电子图像中的帮助。我还要感谢安·伍德（Ann Wood）以及胡佛研究所出版社的工作人员在手稿编辑上做出的工作，特别是简·纳瓦列特（Jen Navarrette）对本书做出的精美设计，芭芭拉·阿列拉诺（Barbara Arellano）的编辑管理，以及马歇尔·布朗沙尔（Marshall Blanchard）的产品管理。我感谢卡洛·菲尔特里奈利（Carlo Feltrinelli）一如既往的慷慨支持和对本书中引用米兰的菲尔特里奈利档案的批准。如果没有那些阿根廷、智利、巴西和秘鲁等南美洲朋友的帮助，我的收藏和索引则不可能成为现实，特别是格拉西亚拉·阿塞多（Graciela Acedo）、马努埃尔·柯列亚（Manuel Correia）、加布莉艾拉·富鲁哥尼奥（Gabriela Fulugonio）、哈维尔·勒格里斯（Javier Legris）和阿贝尔·拉沙尔·卡萨那维（Abel Lassalle Casanave）。我非常感谢乔安娜·克孜尔撒卡（Joanna Kędzielska，华沙）帮助重新刊印出《意见》(*opinie*)的封面并允许我参考帕斯捷尔纳克给泽莫维特·费德斯基(Ziemowit Fedecki)的打印稿。同时,我还要感谢托马斯·普拉克(Tomasz Plack)、拉斐尔·乌尔巴尼亚克(Rafal Urbaniak)、安娜·罗曼尼楚克(Anna Romaniuk)、亚努斯·德尔泽乌斯基(Janusz Drzewucki)、尤拉和米沃维特·库宁斯基(Jola and Miłowit Kuniński)在波兰语版本上帮助我。感谢伊戈尔·韩泽尔(Igor Hanzel)在斯洛伐克语版本上帮助我,感谢马尔科·乌尔西奇(Marko Uršič)帮助我寻找斯洛文尼亚语版。我还要感谢我的妻子叶莲娜·鲁索(Elena Russo)提出的具有洞见的评论,提升了我的第一版文字,同时还赠予我一本傅勒贡版。*

* 阿列克·傅勒贡(Alec Flegon),著名的伦敦出版商,因出版大量俄文地下独立出版物(Samizdat)而出名。

2

《日瓦戈医生》早期版本之一的首页、全息墨水成像，1947年

翻译：鲍里斯·帕斯捷尔纳克，《日瓦戈医生》，半个世纪的日常生活的图像，两卷本，卷一

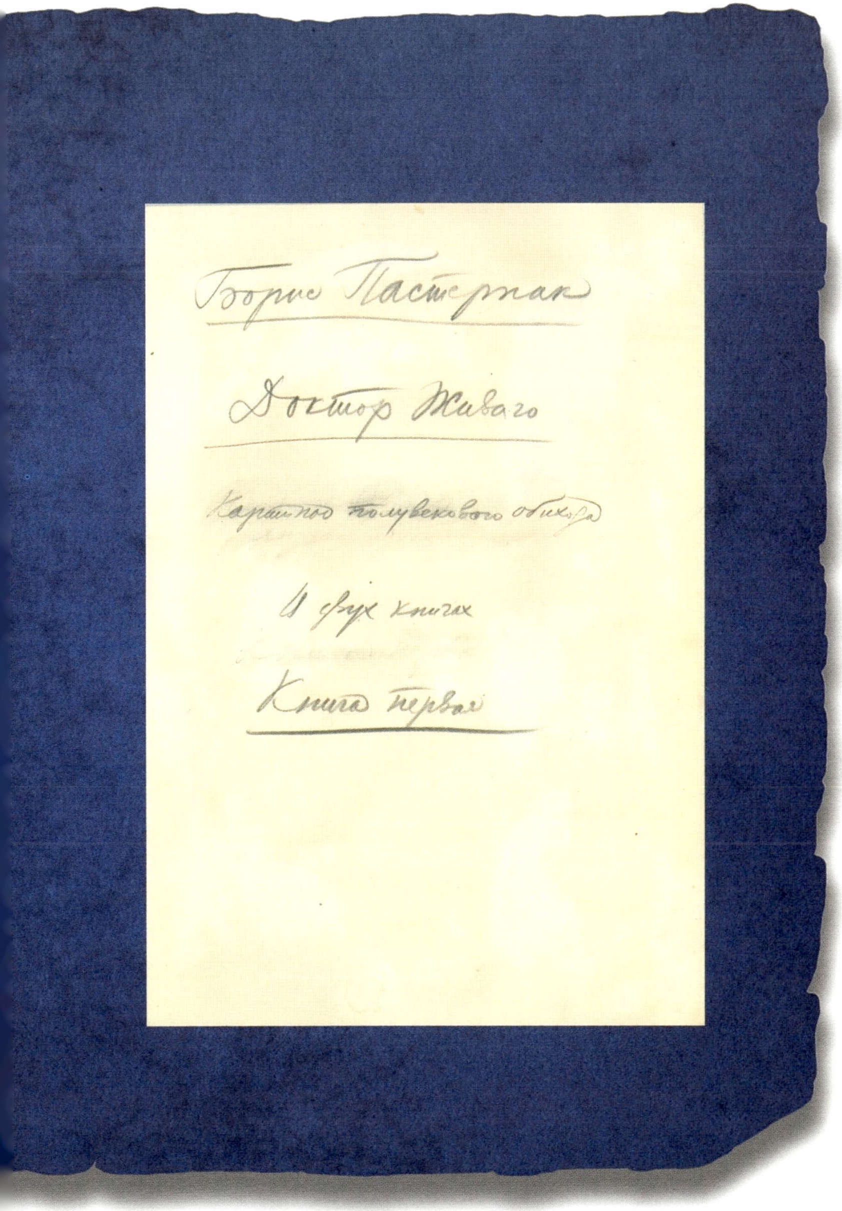
Борис Пастернак

Доктор Живаго

Картины полувекового обихода

В двух книгах

Книга первая

导 言

买下一本1959年在密歇根发行的俄文首版之时，我便开始了对《日瓦戈医生》出版史的研究。这次偶然的相遇，使我进入一场给我带来巨大愉悦，而其终点遥不可知的冒险。研究了斯坦福的胡佛研究所档案馆的欧文和谢尔丽·霍里茨曼藏品之后，我开始想要收集《日瓦戈医生》的罕见版本。我为《日瓦戈医生》各种各样的版本，以及每个版本背后独特的故事所吸引。这使得在胡佛研究所赞助下展览这些材料成为最合适的决定。展览中的复制品分别来自我个人的藏品，欧文和谢尔丽·霍里茨曼的藏品，原属牛津帕斯捷尔纳克基金会，现存于斯坦福的藏品。

我最初的收集工作，与我正写作的关于《日瓦戈医生》编辑史的专著相关，关注1988年苏联第一次出版前，在西方出版的《日瓦戈医生》俄文版。尽管霍里茨曼的藏品是令人惊叹的，但是它仍存在一些空档，正是这些空档让我有了做一个我力所能及的完整的收集的欲望。这份目录展示出了1958年到1978年间全部在西方出版的俄文版《日瓦戈医生》。

在研究《日瓦戈医生》编辑史的过程中，我还为一个问题所吸引，那就是铁幕是怎样被刺穿的。尽管《日瓦戈医生》在苏联曾经是禁书，铁幕后各国语言的译本都在苏联和东欧各国得到流传和阅读。这种情况的实现，是通过将外部翻译并印刷好的版本偷运到对象国（包括德语、波兰语、俄语、拉脱维亚语和爱沙尼亚语），或者在对象国内部印制（包括塞尔维亚－克罗地亚语、斯洛文尼亚语、斯洛伐克语、波兰语，最终是俄语）。

我时常因学术原因造访南美洲（同时也出于我对班都尼昂小手风琴的热爱），所以我开始对南美洲的《日瓦戈医生》出版史感到好奇。霍里茨曼藏品对此毫无贡献，这意味着我是在未被触及的领域进行研究，并且据我所知，尚无人试图对南美的《日瓦戈医生》版本进行系统整理。经过漫长的研究，在诸多好友的帮助之下，我得以收集到了1958至1959年间南美洲出版的《日瓦戈医生》所有版本。这些版本中，只有在巴西出版的版本是合法的。出版于阿根廷和乌拉圭的五个版本都是盗版的。

我很自然地将这些版本依地域分为三个部分。为了避免肤浅的综述，在结构上，每个部分都会对一个版本着重研究：西方出现的穆顿俄文版，铁幕内的波兰语诸版本，在阿根廷出现的铁匠出版社（El Forjador）版本。这种选择是由这些特定版本与原作间的丰富联系和它们自身的命运所决定的。

我希望读者会喜欢这些版本背后的故事，以及它们的封面。

第一章
《日瓦戈医生》俄文版在西方

意大利文版《日瓦戈医生》即将出版之际，鲍里斯·帕斯捷尔纳克热情洋溢地在写给詹贾科莫·菲尔特里奈利的感谢信中写道：“但是我们很快就会有意大利语的日瓦戈、法语的日瓦戈、德语的日瓦戈，或许有一天尽管地理上遥远，但是会出现俄语的日瓦戈！！”（1957年11月2日；见曼科苏，2013年，第250—251页）帕斯捷尔纳克对出版俄语的《日瓦戈医生》的渴望不久便实现了，1958年9月《日瓦戈医生》在荷兰出版。第一个盗印的版本的出版记，这里值得再讲一次。

早在二十世纪五十年代初，在国外出版他的小说的想法就在帕斯捷尔纳克的脑中开始孕育。

1956年5月20日，这个机会终于来了。他将《日瓦戈医生》的打印稿交给了谢尔吉奥·德安杰罗（见德安杰罗，2006年），莫斯科广播电台的记者，同时为年轻的意大利出版人贾科莫·菲尔特里奈利工作，在俄国探寻有出版潜力的文学作品。

菲尔特里奈利是意大利最富有的人之一，亦是意大利共产党员（见菲尔特里奈利，1999年）。帕斯捷尔纳克交给德安杰罗的版本，是最早以极快的速度被连续偷运出苏联的《日瓦戈医生》打印稿之一。帕斯捷尔纳克还交给过泽莫维特·费德斯基、以赛亚·伯林（Isaiah Berlin）、乔治·卡特科夫、伊莲·佩尔提耶（Hélène Peltier）、雅克琳·德·普罗亚（Jacqueline de Proyart）。这些打印稿今日尚存，并且我已将它们全部找到：一份存于波兰，两份存于法国，一份存于英国，还有一份在2015年从英国来到了斯坦福大学（这份打印稿属于居住在牛津的帕斯捷尔纳克的姐妹，诗人曾将它交给过伯林）。帕斯捷尔纳克交给德安杰罗的打印稿，也就是后来用来准备意大利文版《日瓦戈医生》的那份，今天存放在米兰的菲尔特里奈利基金会。菲尔特里奈利后来将这份稿件的内容传递给了其他出版商，例如，柯林斯出版社（Collins）、伽利玛出版社（Gallimard）与费舍出版社（Fischer），用以准备各个语种的翻译。其中，柯林斯和伽利玛在与菲尔特里奈利最终敲定出版约定之前，同时还掌握菲尔特里奈利所不知晓的，已被偷运到法国和英国的打印稿。

帕斯捷尔纳克于1956年6月30日与菲尔特里奈利签订合同（合同的影印件，见曼科苏，2013年，第206—207页）。这本合同只涉及意大利语及其他外语译本。由于他们本以为俄文版本会在苏联早于其他外语译本发行，这份合同中并没有特意提及俄文版的相关事宜。到了1957年，当苏联境内无法出版《日瓦戈医生》俄文版的事实变得明朗，菲尔特里奈利陷入窘境。合同并没有明确授权他发行俄文版，但是当时西方版权法规依然会因他在1957年11月用意大利文发行了《日瓦戈医生》而保护他对任何一种形式对该份文字的使用版权（包括俄文原版和电影、电视及广播的改编等等）的版权。因此，他有权阻止在苏联境外的任何国家（如果该国承认伯尔尼和日内瓦公约）出版《日瓦戈医生》的俄文版。1957年11月到1958年3月，当他确实考虑出版俄文版时，也是这样做的。不过，他为他的犹豫付出了巨大的代价。不仅在1958年初就有人开始计划盗印俄文版，有人还利用他的左派倾向造谣生事，说他与苏联有联系，认为他在审查《日瓦戈医生》（至少是俄文版）。

帕斯捷尔纳克《日瓦戈医生》的出版，同时遭到由帕斯捷尔纳克的宿敌阿列克谢·苏尔科夫时任书记的作家协会，及苏共中央委员会高层的强烈阻挠。1957年一整年，苏共中央、意大利共产党和苏联作协都在向菲尔特里奈利施压，阻止

《日瓦戈医生》的出版。与此同时，在俄罗斯境内，他们向帕斯捷尔纳克施以同样巨大的压力，让他阻止菲尔特里奈利。这一切努力最终都是徒劳。《日瓦戈医生》的意大利文版，依然在1957年11月15日问世。

随着意大利文的出版，英文和法文译本的出版也进入筹备阶段，压力完全指向了俄文版。但是苏联当局毫无出版这部小说的意图，哪怕是删节版。菲尔特里奈利已经犹豫数月，一方面是出于政治原因，一方面是因为合同中并无条款允许他发行俄文版。正如我上文提及的，他的意大利文版使得他有权利阻止其他任何可能的版本出版，包括在西方发行俄文版。因此，他对可能会出版或广播该小说俄文文字的组织和个人进行过法律威胁。事实上，西方一些反共侨民组织已经在考虑出版俄文版了（见弗莱施曼，2009年）。小说若由此类组织出版，只会恶化帕斯捷尔纳克在国内的处境，同时也会让菲尔特里奈利蒙受经济损失，他的版权也将受到威胁。1958年3月，菲尔特里奈利克服了他自己的优柔寡断，开始同海牙的穆顿出版社商议出版俄文版。穆顿出版社的合同是通过一些与《日瓦戈医生》在法国的命运有关的法国人完成的，特别是雅克琳·德·普罗亚和克莱蒙·伊勒（Clemens Heller）。1957年12月在巴黎（见帕斯捷尔纳克，1994年）的一次见面会上，他们曾策划为德·普罗亚所有的打印稿制作三份微缩胶片，并将其中一份寄送穆顿出版社（伊勒本人对这家出版社很熟悉，因为穆顿社曾为社会科学高等研究院出版过很多书籍，该院的第六部由伊勒领导）。穆顿出版社的两位代表也出席了巴黎的见面会。穆顿社已经收到了文本的微缩胶片，但是出于多种原因，没有使用这些胶片。已经进入了与穆顿的谈判过程的菲尔特里奈利，在晚春时节将自己拥有的一份打印稿寄送到海牙，但是显然这份打印稿并未交送到穆顿出版社。

就这样，《日瓦戈医生》第一个俄文版（后文称其为海牙版，见图3），在1958年9月出版了。这个版本的出版是美国中央情报局（CIA）秘密操控的结果。

小说穆顿版发行的同时，中情局就已经开始试图与此事撇清关系。很久以后，1984年，卡尔·普洛菲尔（Carl Proffer）在一篇文章中确认了中情局的干预（普洛菲尔，1984年）。最后，2014年4月，中情局公开了九十四份文件（见费恩和库维，2014年），证实了此前在非中情局证据基础上构建起来的来龙去脉。这些文件为整个故事的全貌提供了大量细节。

中央情报局对出版《日瓦戈医生》的俄文版感兴趣，是出于在全球范围内传播反对共产主义意识形态的作品。将出版《日瓦戈医生》立项，从多方面来讲都是非常好的一个机会。第一，帕斯捷尔纳克不仅在斯大林时代晚期受到冷遇，即便到了“解冻”时期，他的小说依然被列为禁书。

第二，在西方已经开始流传关于诗人的诺贝尔奖提名的小道消息，在意大利文译本出版后得到进一步扩散，这也使得译本一经出版就得到了国际性的成功。苏联人试图阻止《日瓦戈医生》在西方（失败了）和在苏联（成功了）出版的行动，在这方面是极为失误的，因为这只增加了铁幕之内的公众对这部文学作品的兴趣。

1958年1月2日的一份中情局文件显示，中情局总部收到了一份《日瓦戈医生》的微缩胶片。由于中情局的文件是被修订过的，很难得知，他们得到的是哪一个版本，同时又是谁向他们提供的。一些研究者猜想，这些胶片可能是英国的情报机构提供的。这个说法并不能让我信服，因为中情局的资料无法让人得出这一结论。但是我曾证明，中情局所得到的文本，是直到最近一直藏在英国的两份完全一样的本子之一（即卡特科夫拥有的打印稿和诗人的姐妹拥有的曾交付伯林的打印稿）。这样一来，我们一次性地证伪很多的

3

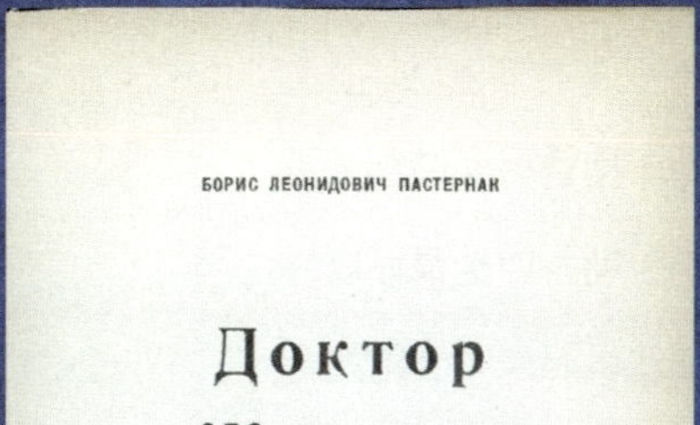
БОРИС ЛЕОНИДОВИЧ ПАСТЕРНАК

Доктор
Живаго

РОМАН

Г. ФЕЛТРИНЕЛЛИ - МИЛАН
1958

穆顿版，扉页；菲尔特里奈利（穆顿），米兰（海牙），1958年，634页，6 1/2 × 8 7/8

关于“截获”的故事（马耳他故事、荷兰故事等；见托尔斯泰，2009年），这些故事声称菲尔特里奈利的文本被英国情报机构或其他人截获，而后影印并发送美国中央情报局。所有的“截获”说都强调，是菲尔特里奈利的版本最终传到了中情局手上，所以他们都错了。*

此外，我们还应该否定中情局所获的文本来自于法国版本的说法。由于伊勒与中央情报局的联系后来被披露，这样的说法看起来有一定的合理性。

中情局的计划由两部分组成。第一部分是在美国制作一份俄文版，使用在美国非常规的基里尔字体，以便让人无法怀疑到美国，同时将其

---

* 关于“截获”的主要说法有两种。第一种称，英国情报机构令载着菲尔特里奈利（他的行李箱里有一份《日瓦戈医生》）的从莫斯科飞往意大利的飞机在马耳他岛迫降。根据这种说法，飞机乘客被要求离开飞机数小时，而英国情报人员则进入行李舱对菲尔特里奈利行李箱中的《日瓦戈医生》进行拍照。第二种说法认为，情报机构截获了菲尔特里奈利从米兰发往海牙的邮件。

做影印的准备。(早期的一个提议，是在扉页打印上苏联国家文学出版社的字样，Goslitizdat。)第二部分是在欧洲印刷一个版本，并在1958年夏天的布鲁塞尔世界博览会上发行。菲利克斯·莫洛(Felix Morrow)，一位美国的出版人，被委任完成计划的第一部分。他与一家在纽约专门印刷俄文文本的名为“罗森兄弟”的印刷厂合作。然而，莫洛并不是一个可靠的人：他将中央情报局制作的副本交给了弗雷德·维克(Fred Wieck)，密歇根大学出版社的负责人，这件事让中情局和莫洛产生了矛盾。第二部分的计划没有交给他。中央情报局联系了丹麦国家安全部(BVD)，后者将莫洛制作的《日瓦戈医生》副本转交给了反共组织“和平与自由”(Paix et liberté)的丹麦支部的领导，鲁德·范·德·比克(Ruud van der Beek)。1958年7月，范·德·比克带着准备影印的文本来到海牙的穆顿出版社，要求他们发行一千册。与他会面的是彼得·德·里德（Peter de Ridder），此人是出席过1957年12月末在巴黎的见面会的穆顿出版社代表之一，后者已经同菲尔特里奈利进行过关于出版俄文版《日瓦戈医生》的会谈。德·里德无法与菲尔特里奈利取得联系，后者当时在斯堪的纳维亚度假。因此，德·里德决定接受范·德·比克的委托，准备开始印刷。他试图通过用基里尔字母加印一个1958年菲尔特里奈利—米兰版的标题页，来保护菲尔特里奈利的独家版权。但是，他并没有将菲尔特里奈利的版权声明包括在内。

这个版本在1958年9月出版，并如计划中的一样，在布鲁塞尔的世界博览会上发行。选定在布鲁塞尔作为发行地，是由于预期介时会有大规模的苏联游客造访。穆顿的俄文版《日瓦戈医生》在梵蒂冈馆分发给苏联游客。后来的媒体报道说明，船员们通过“格鲁吉亚”号（Gruzia）将这个版本走私进入苏联境内，苏联驻比利时大使因此事件被免职。

当菲尔特里奈利发现9月的事件后，他威胁穆顿和范·德·比克要诉诸法律，最后和解达成，穆顿在1959年5月印刷了菲尔特里奈利的首个官方俄文版。

第一个菲尔特里奈利官方授权的俄文版的出现之路是曲折的。为了解释清楚这一版本的来龙去脉，让我倒回一点。当菲尔特里奈利处理由穆顿版引发的问题时，他被告知，穆顿版印版的副本已经被送往美国。通过他在万神殿出版社的朋友，科特·伍尔夫（Kurt Wolff），他很快联系到了准备出版俄文版的密歇根大学出版社。（见图4和图5）

密歇根大学出版社确实已经开始编辑菲利克斯·莫洛交付给他们的副本。这份文字的一个副本（同穆顿版一致），收藏于耶鲁大学的埃德蒙·威尔逊档案（见曼科苏，2013年）。菲尔特里奈利再一次提出要诉诸法律，但是密歇根大学出版社已经为这次出版付出了很多成本，他们愿意在法律上挑战菲尔特里奈利的独家版权。菲尔特里奈利，像在很多相似场合遇到的情况一样，明白他无法在不公开与帕斯捷尔纳克的合同的条件下赢得诉讼，这是他从未做过的事情，因为他担心这会威胁到帕斯捷尔纳克的安全。所以，他同意和解，这两个版本都进入了计划。密歇根大学出版社的版本发行于美国、加拿大、菲律宾群岛、墨西哥、南美，以及日本。至于菲尔特里奈利自己的版本（图6），则发行于欧洲、中东，以及其他一些没有明确分配给密歇根大学出版社的地区。

密歇根大学出版社的编辑，是从莫洛处收到的穆顿版文稿开始的，后来该社还做了进一步的校对和对文本的重置。菲尔特里奈利从密歇根处购买了重置文本；所以这两个版本在文字上是完全一致的，除却封面和一些印刷差异。密歇根大学出版社的版本在1959年2月正式出版（第二次印刷在同月完成），而菲尔特里奈利版正式发行

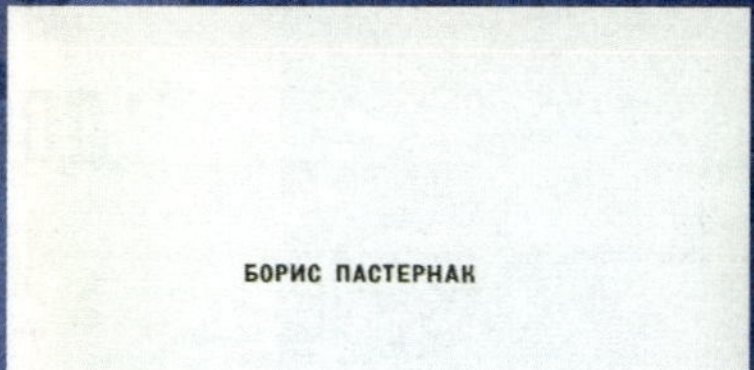
БОРИС ПАСТЕРНАК

Доктор Живаго

ANN ARBOR
THE UNIVERSITY OF MICHIGAN PRESS

密歇根第一个俄文版，扉页：密歇根大学出版社，安娜堡，1959年，5 3/4 × 8 3/8

密歇根大学俄文版，护封；密西根大学出版社，安娜堡，1967年，5 3/4 × 8 1/2

菲尔特里奈利的第一个俄文版，护封；菲尔特里奈利，米兰，1959年，5 3/4 × 8 5/8

于1959年5月。

穆顿版并不适合作为宣传武器，因为大部头的设计让它很难通过海关。所以，中央情报局决定制作九千册口袋书版本（图7），这些书1959年7月印成。

口袋书版有单卷本和两卷本。这个版本是这本书的发行计划的一个部分（见下文），1959年夏天举办的维也纳青年节上，散发了很多这个版本的《日瓦戈医生》。尽管印刷于华盛顿（并带有鲍里斯·菲利波夫〔Boris Filippov〕未署名的序言），这个版本是以一个虚构的巴黎的出版社“世界出版和印刷公司”（Société d'Edition et d'Impression Mondiale）的名义发行的。这个版本的文字同穆顿版也是完全一致的。

当帕斯捷尔纳克看到穆顿版的时候，他向西方的朋友抱怨，这本书里的印刷错误已经多到看起来像另一本小说的地步。这后来导致了一个修订的俄文版的出现。雅克琳·德·普罗亚接受了修订文字的困难任务，修订版后来由菲尔特里奈利在1961年出版（1978年，以绿色封面的简装版为形式再版），而由密歇根大学出版社发行于1967年（再版于1976年）。（见图8和图9）

让我通过提及伦敦出版商阿列克·傅勒贡的两个盗印版来结束关于西方的《日瓦戈医生》俄文版的讨论。（见图10和图11）

傅勒贡影印了中情局的口袋书，但是他在扉页模拟了莫斯科的苏联出版社“土地与工厂”（Zemlia i Fabrika）的许可，这家出版社早在二十世纪三十年代中期就不复存在。两个傅勒贡版仅仅封面不同。

第一个出版于苏联国内的版本（图12）于1988年的《新世界》杂志（*Novyi mir*）上分期刊印，并立即在维尔纽斯（立陶宛）成书，随后也在莫斯科印刷。

БОРИС ЛЕОНИДОВИЧ ПАСТЕРНАК

Доктор
Живаго

РОМАН

Société d'Edition et
d'Impression Mondiale
1959

中央情报局制作的口袋书封面（第一卷）及扉页（第二卷）；世界出版与印刷公司［虚构的出版机构］，巴黎［华盛顿］，1959年，635页，3 5/8 × 5 1/2

菲尔特里奈利的第二个俄文版，扉页；菲尔特里奈利，米兰，567页，5 3/4 × 8 5/8

菲尔特里奈利简装俄文版，封面；菲尔特里奈利，米兰，1978年，567页，5 1/2 × 8 3/4

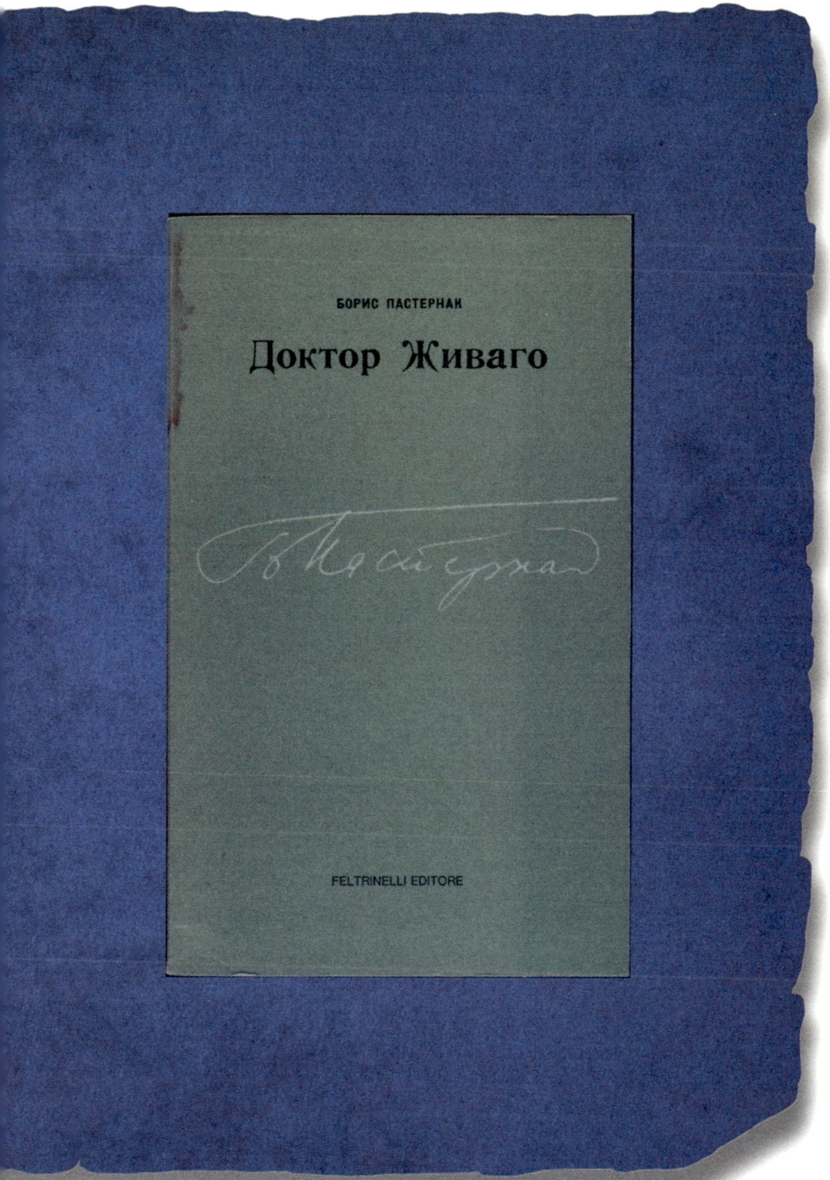
БОРИС ПАСТЕРНАК
Доктор Живаго
FELTRINELLI EDITORE

ДОКТОР
ЖИВАГО
БОРИС ПАСТЕРНАК

傅勒贡版，伦敦，1964年，第一版，封面；土地与工厂［傅勒贡］，莫斯科［伦敦］，1964年，635页，4 3/8 × 6 1/2

傅勒贡版，伦敦，1964年，第二版，封面；土地与工厂［傅勒贡］，莫斯科［伦敦］，1964年，635页，4 1/2 × 6 5/8

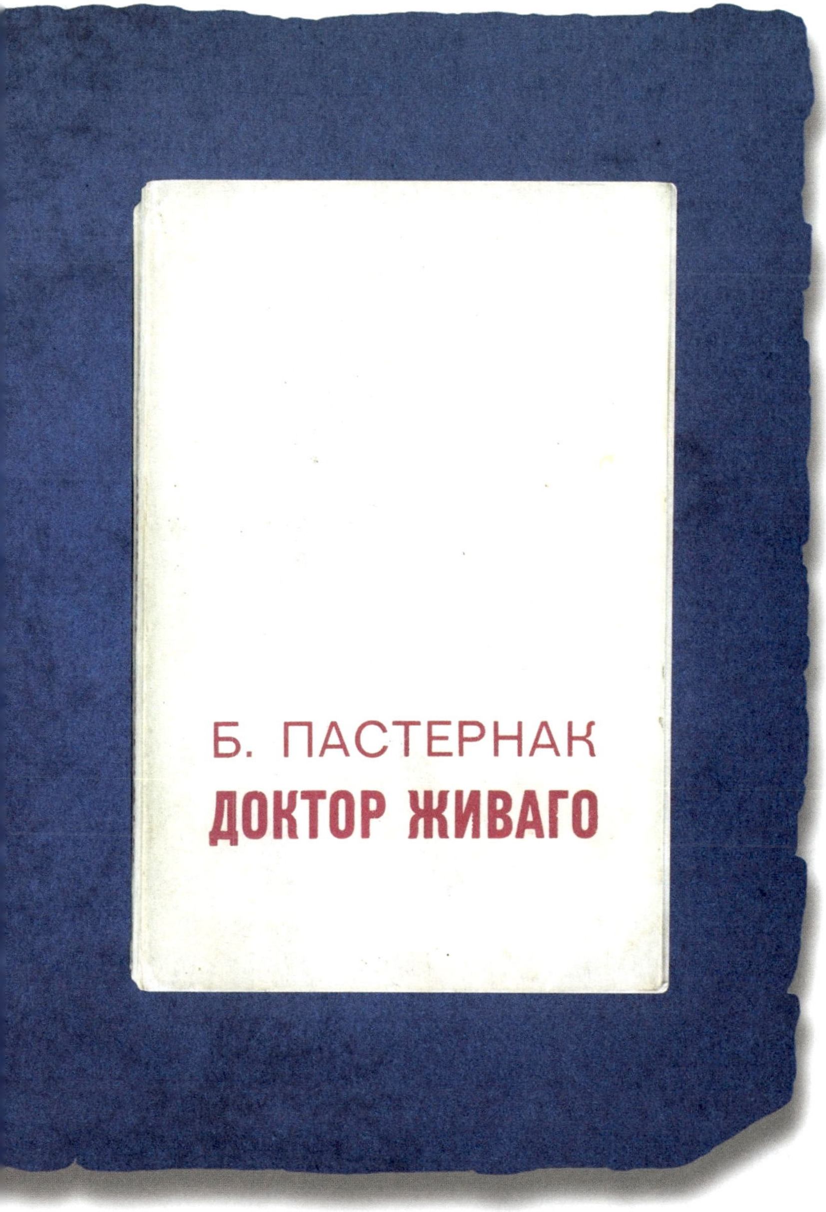
Б. ПАСТЕРНАК
ДОКТОР ЖИВАГО

Борис
Пастернак
ДОКТОР
ЖИВАГО

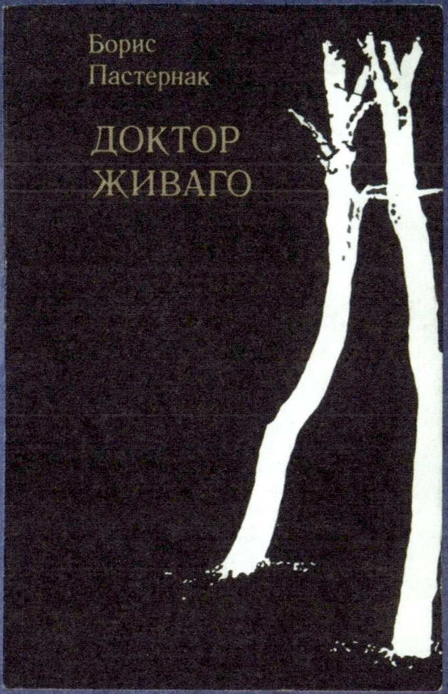

苏联发行的一个俄文单行本（卷一和卷二）；瓦加，维尔纽斯，1988年，223页（卷一）和254页（卷2），5 1/2 × 8 3/8

第二章
刺穿铁幕：《日瓦戈医生》的东欧诸版本

在第一个完整版《日瓦戈医生》用意大利文在1957年11月出版前，小说中的片段就已大规模地出现于1957年8月中旬出版的波兰杂志《意见》上。（见图13）这份新的文学刊物，是以向波兰读者呈现苏联文学和文化最有趣的新发展而创办的。

编委会成员包括泽莫维特·费德斯基、万达·帕德瓦（Wanda Padwa）、斯维林·波拉克（Sweryn Pollak）和安德烈·斯塔瓦尔（Andrzej Stawar）。《日瓦戈医生》的片段，起初由玛利亚·蒙吉尔多娃翻译，在她之后，由斯维林·波拉克继续。这一期的《意见》同时还包括曼德尔

《意见》，封面，1957年，228页（《日瓦戈医生》的摘译：第14—41页），6 1/8 × 8 7/8

opinie
NR 1
1957
kwartalnik poświęcony
kulturze radzieckiej

施塔姆、茨维塔耶娃、雅申、巴别尔的选译，这些选择显然表现出了一种与苏联占统治地位的美学和意识形态立场的对立。那么《意见》杂志是如何得到《日瓦戈医生》的呢？1956年帕斯捷尔纳克就曾将一份稿件交给泽莫维特·费德斯基。费德斯基在1945年以波兰大使馆发言人身份造访莫斯科时，就与帕斯捷尔纳克相识。他对与帕斯捷尔纳克初次会面的描述是值得引用的。

采访人：事实上，你是如何与帕斯捷尔纳克相识的？

费德斯基：我同杰吉·波缅诺夫斯基和波兰语翻译日沃夫一起去了别列捷尔金诺。日沃夫是帕斯捷尔纳克的朋友，波缅诺夫斯基当时正在准备出版一本俄语诗歌选，也有其他一些业务要处理，而我仅仅真的想与他见面。见面一开始，帕斯捷尔纳克就说，“斯大林，这个强盗……”我们突然听到扑通一声，日沃夫晕倒了。毕业于医学院的波缅诺夫斯基告诉我们要把他扶到沙发上。后来我们知道，每当日沃夫听到帕斯捷尔纳克在陌生人面前谈论斯大林时，他都会晕倒。他害怕不了解情况的外国人会在莫斯科把诗人关于领袖说的一切告诉权力机构，而有关部门将传讯他作为证人。为了不伤害帕斯捷尔纳克，他假装晕倒，这样他就什么都听不到了。(《观察》(*Przeglad*)，第46期，2003年；英文译本见 www.zhivagostorm.org)

关于帕斯捷尔纳克是何时将完整的打印稿交给费德斯基的，同样出席了1956年5月帕斯捷尔纳克与费德斯基见面的维克多·沃罗兹尔斯基(Wiktor Woroszylski)这样回忆：

那是1956年的5月……我们在一个小

火车站下来，沿着铁轨的木枕前行，随后走上一条充满泥泞的路，穿过一片桦树林和有着一个白色小教堂的小山上的墓园……“这比诗歌还重要。我花了很多时间在它上面。”（帕斯捷尔纳克）一边说一边递给雅罗米尔（泽莫维特·费德斯基）两叠厚厚的捆好的文件。我们看向门口，济娜依达·尼古拉耶夫娜站在那里，高大伟岸，略有驼背。我们没有听见她走进来，但是感觉到了她的在场。她不悦地看着雅罗米尔：“你应该知道我们反对这样做！鲍里斯·列昂尼多维奇已经因轻率的举动受了很多苦了：昨天他交给意大利人一份稿子，今天又交给你。他完全意识不到危险，我还要照顾他。”“但是，济娜依达·尼古拉耶夫娜，”诗人回答道，“一切都变了。现在是时候去忘掉这些恐惧，去正常地生活了。之后，这本书也会在这里被批准，他们已经答应我了。”“我反对这么做。”济娜依达·尼古拉耶夫娜一遍遍枯燥地重复。不过，雅罗米尔并没表现出对他手里握着的东西的任何欲望。（沃罗兹尔斯基，1977年，第49页；引自沃伊夏克－马列克，2009年，第152—153页；译自后者，5月20日帕斯捷尔纳克与德安杰罗见面时，将稿子交给了他）

与帕斯捷尔纳克的疑虑相反（他在一封1956年8月17日写给A. M. 李培力诺〔Ripellino〕的信中写道），费德斯基手里的打印稿并没有被闲置一旁。事实上，《意见》杂志1957年第1期发表的《日瓦戈医生》片段已经让苏联人感到恼火和焦虑，因为这一期马上一销而空（五千份）。在苏联当局干预后，《意见》杂志被要求停办，这一事件在《日瓦戈事件档案》（*Le Dossier de L'Affair Zhivago*, 1994）和《鲍里斯·帕斯捷尔纳克与当局》(*Boris Pasternak i vlast'*, 2001)中都有记载，这两本书收录有大量苏共中央委员会关于日瓦戈事件的档案。以下是文化部长D.波利卡尔波夫于1957年8月30日向苏共中央作的汇报：

苏共中央委员会：

克拉科夫的周报《文学生活》(*Zycie Literackie*)于1957年8月18日报道了一份新刊行的关于苏联文化的季刊《意见》。第一期刚刚出版。从《意见》对作品的选择来看，这份季刊的倾向对我们怀有敌意。

编辑们以“诚实”为借口，走了一条出版带有“痛苦的历史的修正的问题”和赞扬那些在我们这里被批判的、意识形态上腐化的书籍的路线。在他们选登的苏联作者的作品中，我们可以看到雅申的《杠杆》，以及帕斯捷尔纳克尚未发表的反苏小说《日瓦戈医生》的片段。根据现在正在发生的状况，中央委员会文化部有必要责令苏联驻波兰大使引起我们的波兰同志对《意见》的敌对本质的注意，同时用合适的方式告诉他们，苏联民众将会乐于见到，波兰共产党报刊杂志上出现对《意见》杂志所采取立场的批判性声明，连同对停止继续出版帕斯捷尔纳克作品的声明。向苏联作协秘书处和《文学报》（*Literaturnaia Gazeta*）编委会建议，组织那些批评此刊物所持立场的杰出苏联作家联名发表公开信，将会是具有远见的行为。同时将这封信发往波兰的媒体，包括《意见》杂志的编辑部。等待进一步指示。苏联驻华沙大使馆的电报文见附件。

文化部部长

D.波利卡尔波夫

行政检察官

E.特鲁申科

波利卡尔波夫致苏联驻波兰大使的公开信中强调，要让“我们的同志”注意到“《意见》杂志对苏联的敌意”和“让我们的朋友明白苏联民众将会欢迎暂停出版帕斯捷尔纳克的小说和来自波兰共产党媒体关于《意见》杂志的批判性声明”。《意见》停办了。一篇指向《意见》编辑部的刻薄文章《谁的意见？》于1957年9月18日出现在莫斯科的《文学报》上。

同时，波拉克同波兰国家出版局(Panstwowy Instytut Wydawniczy，PIW)签署了一份关于出版《日瓦戈医生》的合同。合同后来废除了。波兰政府文化艺术部的一份备忘录，要求禁止在全波兰流通和印刷任何尚未在苏联国内出版的苏联作家的作品。这一命令结束了《日瓦戈医生》在波兰境内出版的命运。

直到1983年《日瓦戈医生》才再次在波兰出版。它是一个地下出版商密谋的结果，将1959年在巴黎出版的波兰侨民版本再次印刷。

我们关于1959年巴黎的波兰文版的一些细节来自标注为1958年11月3日谢尔吉奥·德安杰罗写给詹贾科莫·菲尔特里奈利的一封信。

> 我借此机会提出一个急迫的问题。古斯塔夫·厄尔灵（Gustaw Herling），波兰裔作家，贝内德托·克罗齐（Benedetto Croce）的女婿，今天来问我，你是否愿意允许巴黎的“文化”出版社（Kultura）出版波兰语的《日瓦戈医生》。
>
> 厄尔灵先生告诉我，这家“文化”出版社于1948年由波兰侨民中那些没有外在扶持的左派（主要是社会主义者）建立。出版社同波兰文化圈有着非常紧密的联系。他们出版同名刊物，在波兰可以自由发行，官媒经常提及并批评这家刊物。
>
> 因为苏联当局对帕斯捷尔纳克事件的态度，《日瓦戈医生》在波兰的出版被取

消，这家出版社得知消息后，认为有必要出版两千到三千册这本小说，好让生活在波兰之外的波兰人和有机会去巴黎的波兰人可以读到。（菲尔特里奈利档案，米兰）

古斯塔夫·厄尔灵当时作为《隔绝的世界：一位古拉格幸存者的日记》（*A World Apart: The Journal of a Gulag Survivor*，1951）* 一书的作者，获得了国际知名度，该书由伯特兰·罗素（Bertrand Russell）作序。菲尔特里奈利批准了，波兰文《日瓦戈医生》于1959年

---

* 波兰语原题：Inny świat: zapiski sowieckie。书名出自俄罗斯作家费奥多尔·陀思妥耶夫斯基的《死屋手记》："这边是个自成一统的特殊世界，什么也不像，这里有自己的与众不同的法律，有自己的服装，自己的风俗习惯，这是一座把人活埋的死屋，这里的生活与外面的任何地方都不同，人也是特别的。我现在要描写的就是这个与众不同的地方。"（费奥多尔·陀思妥耶夫斯基，《陀思妥耶夫斯基全集》第五卷，《死屋手记》，臧仲伦译，石家庄：河北教育出版社，2010年，第11页）——译注

在波兰文学院（Instytut Literacki）的支持下得以在巴黎问世，由平衡图书公司（Édition et libraire Libella）发行（图14），首印两千五百册。它的译者是巴维尔·霍斯托维奇（Paweł Hostowiec），笔名耶日·斯坦姆波夫斯基（Jezy Stempowski）。

菲尔特里奈利拥有该版本的版权，书上带有编者按："我们感谢一切帮助出版波兰文《日瓦戈医生》的人，特别是詹贾科莫·菲尔特里奈利先生，生活在米兰的出版人，是他允许我们免费使用波兰语译本的版权，巴黎文化自由大会支付了译者稿酬，美国波士顿的查尔斯·E. 梅丽尔先生提供了财政资助，同时还感谢一切订阅了两千五百册图书的朋友们。"

从厄尔灵与德安杰罗的对话我们可以清楚发现，这个计划的一个部分，是将这些《日瓦戈医生》通过住在巴黎的波兰人回访波兰时带到波兰境内。这种尝试在多大程度上是成功的呢？回

第一个波兰语版本，封面；
波兰文学院，巴黎，1959年，
508页，5 1/4 × 8 1/2

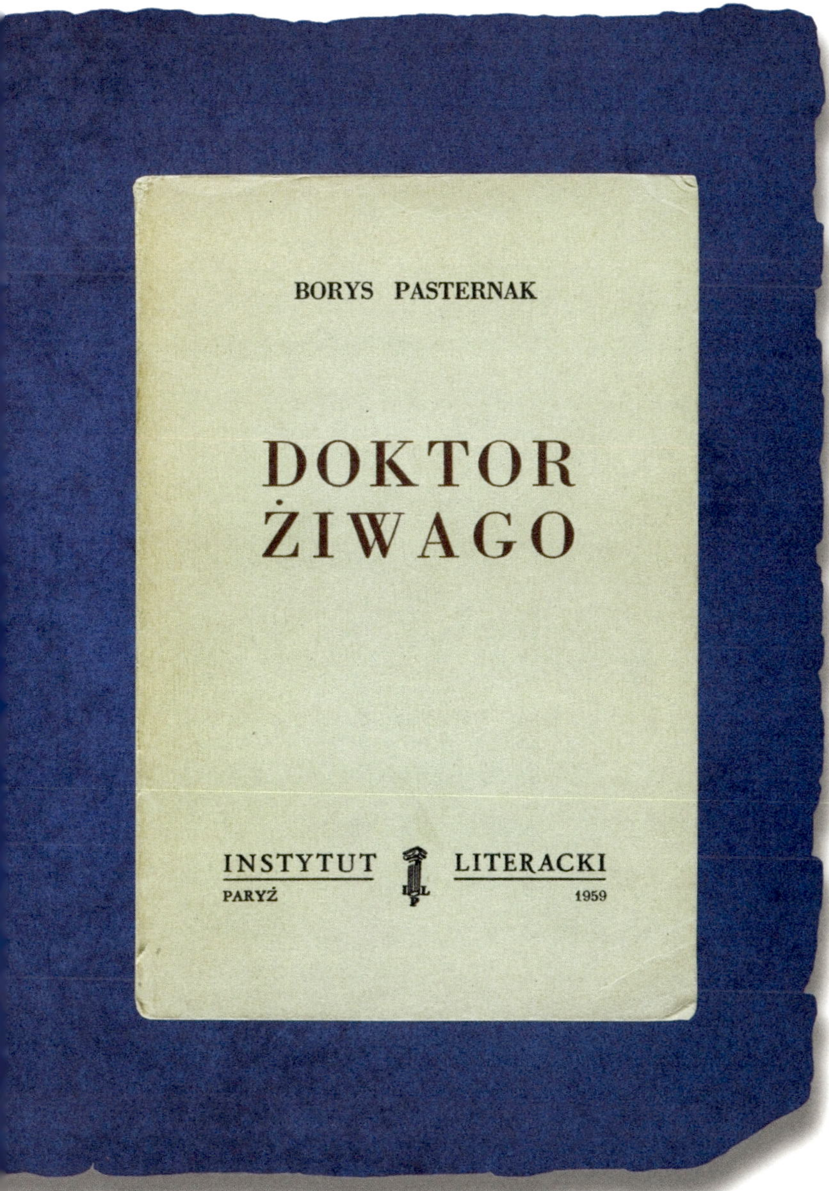
BORYS PASTERNAK
DOKTOR
ŻIWAGO
INSTYTUT
LITERACKI
PARYŻ
1959

答这个问题一定要考虑两个方面：一是从1959年到八十年代边境检查的严格程度的变化；二是《日瓦戈医生》传入波兰是一个巨型图书传播计划的一部分，这个计划由乔治·闵登（George Minden）和冷战时期美国中央情报局最成功的一个秘密项目负责。在《冷战时代的热门书：铁幕下中央情报局资助的西方秘密图书发行计划》（*Hot Books in the Cold War: The CIA-Funded Secret Western Book Distribution Program behind the Iron Curtain*）一书中，阿尔弗雷德·瑞希（Alfred Reisch）使用了乔治·闵登从1956年（计划初期之年）至1973年撰写的报告，提供了一份关于什么类型的书会被发往东欧（波兰、捷克斯洛伐克、匈牙利、保加利亚、罗马尼亚、爱沙尼亚、拉脱维亚、立陶宛）的详细分析。他说："在冷战时期东西方之间秘密或者公开的意识形态和文化战争中，据估计，在这三十五年间，有一千万册图书通过邮递或

者夹带，进入了铁幕……”（瑞希，2013年，第305页）

除了通过邮局投递，人与人之间的直接传递也是重要的方法之一，来到西欧参加会议或者其他活动的东欧游客会得到向他们分发的免费图书，然后他们再带回家。船员、运动员、学生、神职人员，此类访客都会得到免费图书并带回家。1958年，“一支前来访问的障碍赛马术队（从波兰到意大利）把七十本书藏在运马的卡车里，多数都藏在了干草里”。（瑞希，2013年，第240页）1959年7月26日至8月4日在维也纳举办的第七届世界青年节，为人与人之间的直接传递创造了特别好的机会。

在波兰和东欧国家，《日瓦戈医生》是需求最大的一本书。连波兰议会的一位高级代表都曾求人从国外带一本《日瓦戈医生》回来。（瑞希，2013年，第97页，注释14）尽管法语和英语的译本只能通过走私进入东欧，到了1959年，人们可以通过邮件来取得巴黎出版的波兰语《日瓦戈医生》。

在1966年2月17日写给扬·诺瓦克（Jan Nowak）的信中（普拉特，2001年，第281页），耶日·基德罗伊斯（Jerzy Giedroyc）写道，他最近收到了莫斯科作家协会寄来的一份关于驱逐帕斯捷尔纳克的速记，他建议将这份速记的内容广播。这份稿子的波兰语译本构成了1967年巴黎出版的第二个《日瓦戈医生》波兰语译本专利上的主要新颖性。（见图15）

扉页如是印着销售的标题："日瓦戈医生"（Doktor Żiwago），同时加上了一行字："1958年10月31日莫斯科作家关于鲍里斯·帕斯捷尔纳克事件的会议速写记录"，这份速记的波兰语译本连同新版《日瓦戈医生》是在1983年波兰的政治动荡中出版的。

这个版本发行了封面不同的两个形式。（见图16和图17）两个形式都包含有安杰伊·德拉维奇（Andrzej Drawicz）撰写的四页前言；速写稿的转录出现在书的末尾。除却这些特征以及封面，两个形式的译文和版面设计同1959年和1967年“文化”出版社的版本完全一致，尽管开本略小。

我对波兰语译本的关注是由于它们在冷战语境中的重要性。但是让我现在谈谈铁幕后其他国家其他语言的一些版本（包括民主德国）。拉脱维亚语的译本（1959年，图18）和爱沙尼亚语的译本（1960年，图19）分别是在丹麦和挪威出版的。

菲尔特里奈利很早就已经开始与南斯拉夫的出版社洽谈。巨大的政治阻力被克服了，这促成了1962年塞尔维亚—克罗地亚语的译本在贝尔格莱德由“教育”出版社（Prosveta）出版。这一译本也分别有拉丁字母和基里尔字母印刷成的两个不同版本。（见图20和图21）

1967年，斯洛文尼亚语译本问世（图22），紧随其后的是1963年的斯洛伐克语译本（图23）。

后者的版权页上提到这一版本译自“土地与工厂”出版社出版的俄文版。它还带有这样一条注释：“左拉·叶森斯卡（Zora Jesenská）译自俄语原文《日瓦戈医生》，莫斯科，‘土地与工厂’出版社，库兹涅茨基桥。”这一版本是阿列克·傅勒贡在伦敦出版的盗版。傅勒贡后来讲述到斯洛伐克译者是如何获得官方书报检查的许可的。翻译们向检察官呈示了傅勒贡的俄文版，并强调既然这本书已经在苏联被“土地与工厂”出版社发行，那么现在可以出版斯洛伐克语译本了。检查官们并不知道这家出版社二十世纪三十年代中叶就停办了。当他们意识到时，一切都太晚了，这本书印出后马上被一扫而光。

由于菲尔特里奈利拒绝提供版权，捷克语译本未能出版。1969年，他拒绝了L.费卡尔（L. Fikar），捷克斯洛伐克作家出版社（Československy Spisovatel）社长的请求，并声明他无意利用《日瓦戈医生》来达到反共目的。这件事发生在华约部队对“布拉格之春”的镇压之后。意大利媒体报道菲尔特里奈利曾与费卡尔会面。(“Pasternak vietao ai cechi,” *Avvenire*, 1969年3月7日）第一个《日瓦戈医生》的捷克语译本是在1990年出版的。第一个匈牙利语、保加利亚语、罗马尼亚语译本分别出版于1988年、1989年和1997年。这些版本的出现反映了社会主义阵营慢慢分裂的过程，表面上看铁板一块，事实上已经随着戈尔巴乔夫在苏联的改革分崩离析。

第二个波兰语版本，扉页；波兰文学院，巴黎，1968年，500页，5 1/2 × 8 3/8

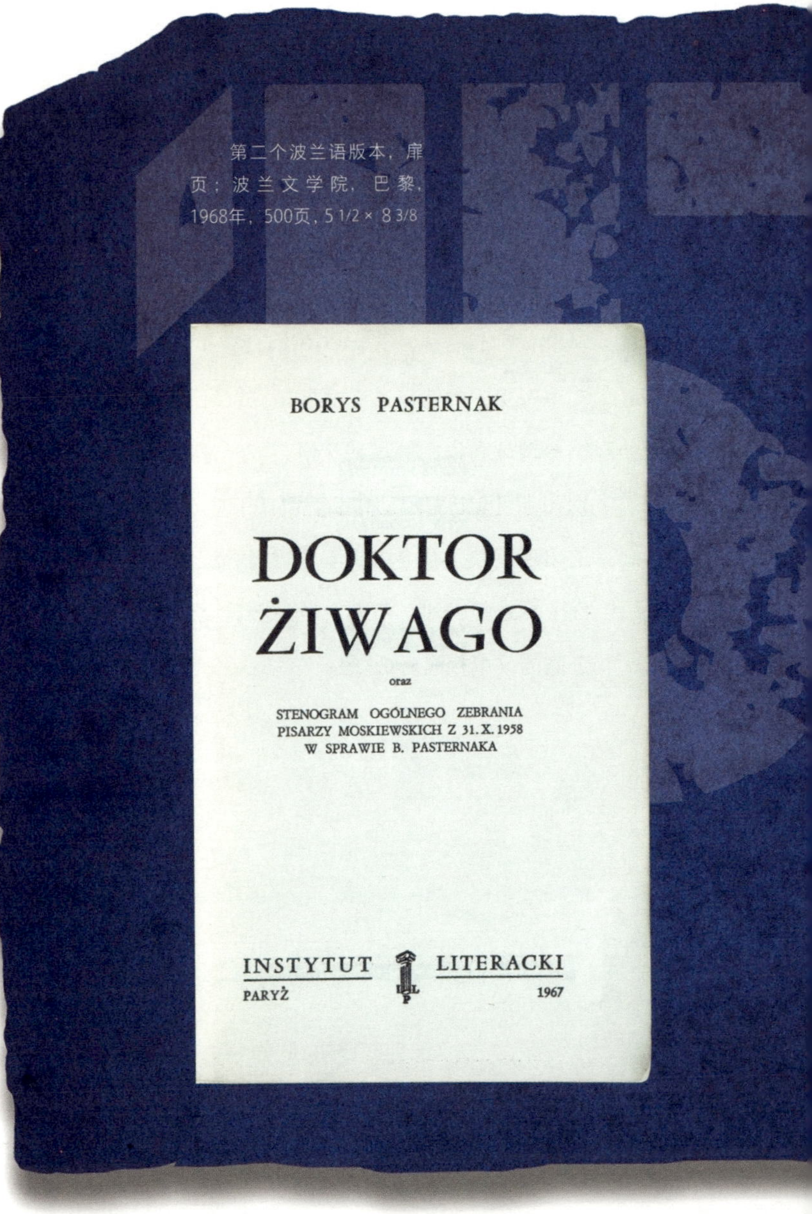

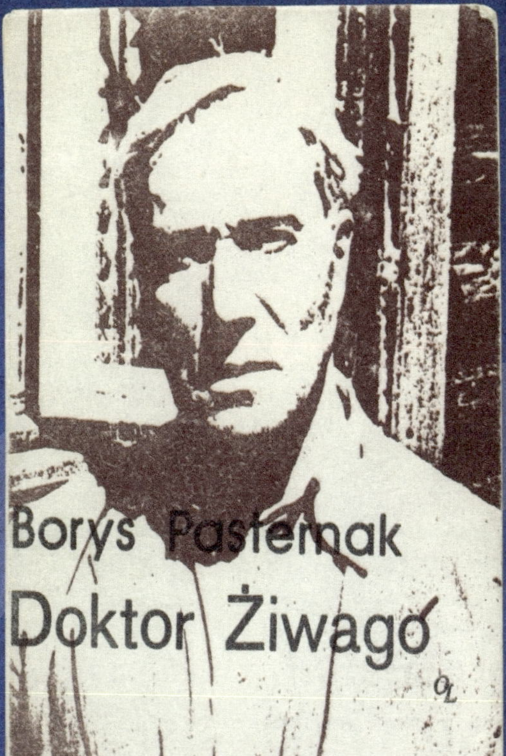

第三个波兰语版本，在波兰印刷并发行，第一种封面；文学之翼，1983年，543页，4 1/8 × 5 3/4

第三个波兰语版本，在波兰印刷并发行，第二种，封面：文学之翼，1983年，4 1/8 × 5 3/4

拉脱维亚语版本，护封；伊曼塔，哥本哈根，1959年，475页，5 1/8 × 8

爱沙尼亚语版本，护封；自由爱沙尼亚出版社，斯德哥尔摩，1960年，5 1/2 × 7 5/8

塞尔维亚—克罗地亚语版本，拉丁版，护封（第二卷）；教育出版社，贝尔格莱德，1962年，5 1/8 × 7 5/8

塞尔维亚—克罗地亚语版本，基里尔版，封面（第二卷）；教育出版社，贝尔格莱德，1962年，351页，5 1/8 × 7 5/8

斯洛文尼亚版本，封面（第一卷）；卢布雅尔那，1967年，318页，4 1/2 × 6 3/4

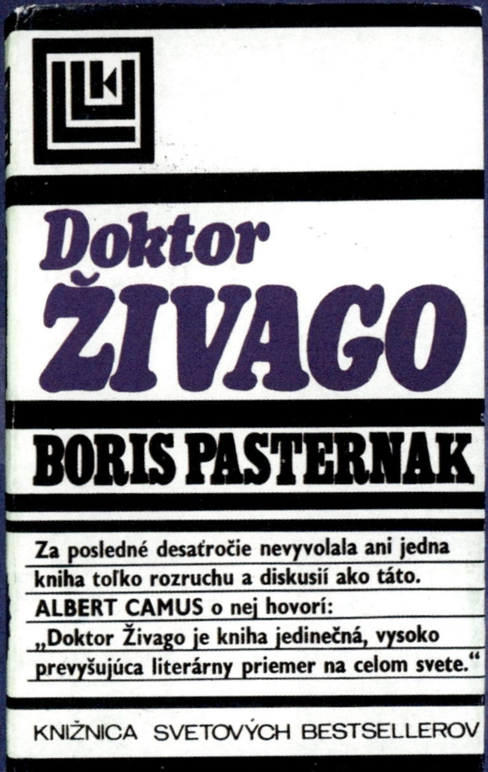

斯洛伐克语版本，护封；
塔特兰，布拉提斯拉瓦，1969
年，508页，5 3/4 × 7 7/8

第三章
《日瓦戈医生》在南美

《日瓦戈医生》的意大利语译本在1957年11月的出版，一方面让菲尔特里奈利成为了反书报审查的英雄：另一方面，几种对他左派倾向持不同情态度的力量，利用他起初对出版这本小说的迟疑，来指责他试图审查《日瓦戈医生》。菲尔特里奈利与穆顿出版社和密歇根大学出版社的交涉，表现出了菲尔特里奈利在捍卫他的《日瓦戈医生》版权时的一个复现性主题，即由以诉诸法律威胁开始，在对簿公堂成为必要之前实现和解。除却版权问题，另外一个难题是帕斯捷尔纳克的苏联公民身份，自二十世纪二十年代始，没有一个苏联作家可以在没有得到苏联当局的许可前，在国外出版自己的作品。与外国出版社签订合同，被视为一种对当局的反抗；接受外方的版税则是更加严重的罪行，因为帕斯捷尔纳克已经在过去几十年被人指责具有反苏立场。这一切都影响了菲尔特里奈利对帕斯捷尔纳克在西方的版权的维护。如前文所示，菲尔特里奈利与穆顿出版社和密歇根大学出版社在没有对簿公堂之前，就实现了妥协。在帕斯捷尔纳克被授予诺贝尔奖之后，经济利益促使世界上的出版商，在没有菲尔特里奈利批准的情况下，发行这本小说。因此，菲尔特里奈利不得不通过在世界各地诉诸法律，来维护自己的版权（以及帕斯捷尔纳克的利益）。律师安东尼奥·特松内（Antonio Tesone）在支持他。

菲尔特里奈利在1957年春开始销售《日瓦戈医生》的翻译版权。1957年6月，第一个获得版权的，是柯林斯出版社，随后是伽利玛出版社。1957年11月，菲尔特里奈利又提供给德国的代理人恩内斯特·盖森海伊内尔（Ernst Geisenheyner）在葡萄牙语区销售版权的工作（盖森海伊内尔此前已经负责了销售德语和荷兰语版权的工作）。巴西的版权卖给了美景市（Belo Horizonte）的“伊塔蒂亚亚书店”（Livraria Itatiaia），尽管存在着与巴西图书出版公司（Editora Livros do Brazil）的竞争（后者在1958年7月23日提出了请求）。

伊塔蒂亚亚书店，1953年由佩德罗·保罗（Pedro Paolo）和爱迪生·莫雷拉（Edison Moreira）兄弟建立的一家出版社，在1958年诺贝尔奖颁发后，出版了他们的一个版本，并于1959年初发行了第二个版本（随后还发行了几个版本）。他们的葡萄牙语译本译自1958年6月的法语译本。（见图24和图25）小说由奥斯卡·门德兹（Oscar Mendez）和弥尔顿·阿马多（Milton Amado）翻译；其中的诗作翻译由艾托尔·马丁斯（Heitor Martins）完成。

第一个巴西版本，封面；
伊塔蒂亚亚出版社，美景市，
1958年，565页，5 1/2 × 8 1/4

第二个巴西版本，封面：伊塔蒂亚亚出版社，美景市，1959年，565页，5 1/2 × 8 1/4

西班牙和墨西哥的版本，护封；
核桃出版社，巴塞罗那—墨西哥，
1958年，631页，5 1/2 × 7 3/4

一则关于《日瓦戈医生》在巴西销售盛况的新闻报道详细描述了伊塔蒂亚亚出版社对这本书的兴趣的起源。*

在标注为1957年11月25日的一封信中，菲尔特里奈利表达了他由于政治局势而在西班牙难以出版这本小说的消极情绪。然而，到了1958年，他全部西班牙语区的译本发行权，卖给了巴塞罗那的核桃出版社（Editorial Noguer，该出版社在墨西哥有一个重要的分支机构），这就意味着，核桃出版社拥有在墨西哥、中美洲，以及除巴西之外的整个南美洲的发行权。核桃出版社立即于11月在墨西哥（图26）出版了两个版本（1958年共印刷一万五千册）。此书出版过程中至关重要的一个人，是核桃出版社的何塞·帕尔多（José Pardo），他在1959年2月10日告知菲尔特里奈利

* 见 http://bhdecadaum.com.br/historia/livraria-itatiaia-do-dantes-a-bahia/。

这一版本的成功。书是在帕斯捷尔纳克获得诺贝尔文学奖后出版的，仅仅两个月，到了1958年年底，就已经售出了六万三千册（包括墨西哥出版的一万五千册）。1958年一共印刷了六次，前两次仅仅在墨西哥，1958年11月第三次印刷起亦在西班牙发行。

西班牙语的翻译是由费尔南多·古铁雷斯（Fernando Gutierrez）在参考意语译本和法语译本的情况下完成的。这是唯一一个获得官方授权，同时也是唯一一个在墨西哥和阿根廷可以发行的译本。

在帕斯捷尔纳克被授予诺贝尔文学奖后不久，六个不同的盗版就在准备之中；其中五个最终出现了，辅之以小说的概要。精确地判定这些版本具体的出版时间和顺序，现在是件很困难的事。其中一个版本在墨西哥出版：《日瓦戈医生》，弗拉基米尔·科兹洛夫和豪尔赫·迪耶兹·卡多佐译，墨西哥城：摩羯出版社，1958年。两个版本在乌拉圭出版，另外两个在阿根廷出版。第三个阿根廷的盗版在菲尔特里奈利的律师安东尼奥·特松内的干预下，未能出版。

在乌拉圭，有两个版本。第一个（图27）由蒙得维的亚（Montevideo）的密涅瓦出版社（Editorial Minerva）出版，由文森特·奥利瓦（Vicente Oliva）翻译。这个版本至少有过两次印刷（第二次印刷于1958年12月10日），两次都是在诺贝尔奖颁发给帕斯捷尔纳克后。

另一个版本（图28）由蒙得维的亚的西塞罗出版社（Editorial Ciceron）于1959年出版。译者为胡安·马努埃尔·阿尔菲耶里（Juan Manuel Alfieri）。

密涅瓦本和西塞罗本都译自意大利语译本。

尽管是盗版，它们在版权页上都宣称自己具有版权。几年后，密涅瓦本，在核桃出版社和密涅瓦社达成版权合约后，成为了合法版本，自此密涅瓦本上多了一个插页，声明得到了巴塞罗那

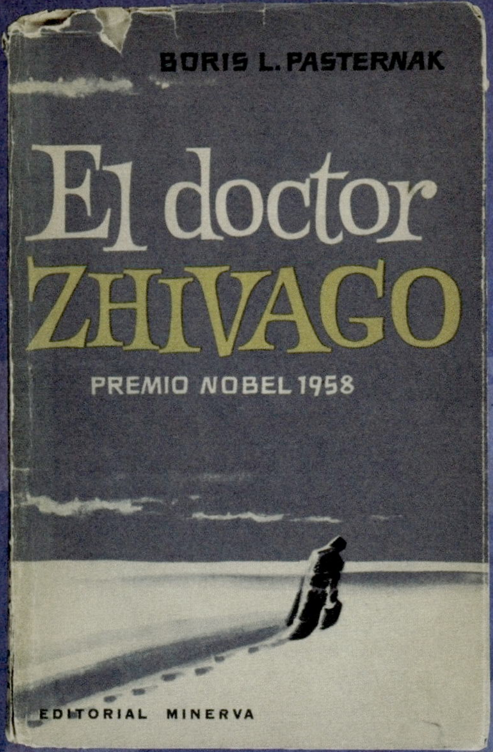

第一个乌拉圭版本，护封；
密涅瓦出版社，蒙得维的亚，
1958年，543页，5 1/2 × 7 3/4

28

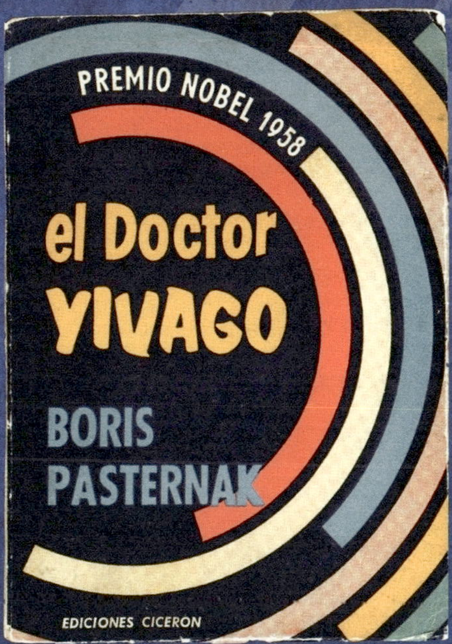

第二个乌拉圭版本，封面；西塞罗出版社，蒙得维的亚，1959年，589页，5 1/2 × 7 3/4

的核桃出版社的官方授权。

现在让我们来看看阿根廷的各个版本。菲尔特里奈利的律师，安东尼奥·特松内，1959年1月2日抵达布宜诺斯艾利斯。在1959年1月8日写给菲尔特里奈利的信中，特松内告知，他已经发现了三个盗版。第一个由布宜诺斯艾利斯的联合发行出版公司（D. E. R）制作。特松内取得这个版本的扣押权。联合发行出版公司的老板，达米安·卡洛斯·埃尔南德斯（Damián Carlos Hernández），是核桃出版社（以及菲尔特里奈利）控告侵权的人之一。1959年5月5日，初次庭审结束后，扣押令被取消。联合发行出版公司的版本最终未见天日。特松内并不知晓当时已经出版了的乌拉圭和墨西哥诸版本。米兰似乎对这些版本的存在一无所知。

特松内因此继续写道：

我们后来在第二个盗版上遇到了麻烦，由

铁匠出版社（El Forjador）出版（名为铁匠*，实为骗子）。我们与这位在金钱上不择手段的人打交道，他打的牌是用便宜的纸张和小到让人无法阅读的字体来出版这个廉价的版本。同时，我已经提请并获准扣押这些版本的权利，但问题是，这些版本现在无处寻找…… 但是现在这个案子已经进入尾声。事实上，昨晚，有几个书店竟然胆大包天地公开在贩售这本书。（菲尔特里奈利档案）

特松内安排在阿根廷两家最重要的报纸“新闻报”（*La Prensa*）和“国家报”（*La Nacion*）发布关于此事的申明；他还通过核桃出版社的律师爱德华多·曼迪拉阿尔祖（Eduardo Mendilaharzu）说服法官在布宜诺斯艾利斯的

* 根据西班牙语中“forjador”的意思（见英文中“Mental forger”）。——曼科苏注（这里本书作者指的是，西班牙语中的“forjador”既有铁匠的意思，又有伪造者的意思。——译注）

书店里执行扣押令。与特松内的预测相反，与铁匠出版社及其老板德梅特里奥·卡斯塔尼奥拉（Demetrio Castagnola）的法律斗争开始变得困难。在诺贝尔奖授予后，这个版本至少有两次印刷。（见图29）

这个未署名的译本译自意大利语译本。我所有此版本的一册上，版权页上标示着出版日期为1958年11月30日。

特松内后来告诉菲尔特里奈利，第三个印数为一万册的版本，是索引出版社（Indice）的作品。（见图30）某个格兰达先生（Mr. Granda）借铸币厂（Casa de la Moenda）厂长职务之便，策划出版这一版本。据特松内说，这是唯一一个看起来过得去的版本，尽管也很廉价。在这个版本的问题上，特松内继续说，他们达成了一个君子协定。为了留有足够的时间完成和解，特松内不会提请扣押这些版本。特松内的计划是买下全部的印刷品。后来同核桃出版社的通信证实，核

第一个阿根廷版本，封面；铁匠出版社，布宜诺斯艾利斯，1958年，384页，5 1/2 × 7 3/4

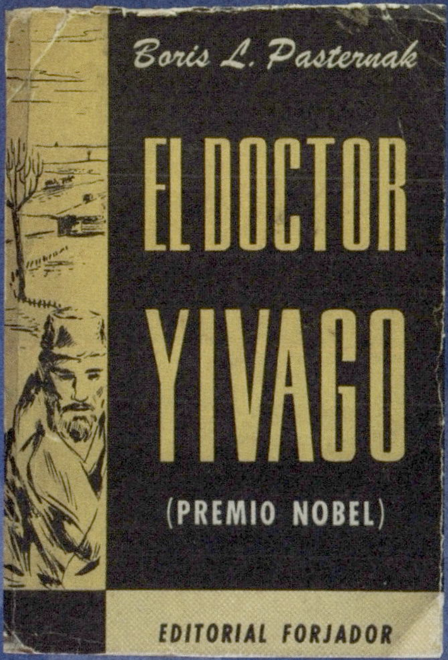

第二个阿根廷版本，封面；索引出版社，布宜诺斯艾利斯，1958年，467页，5 1/2 × 7 3/4

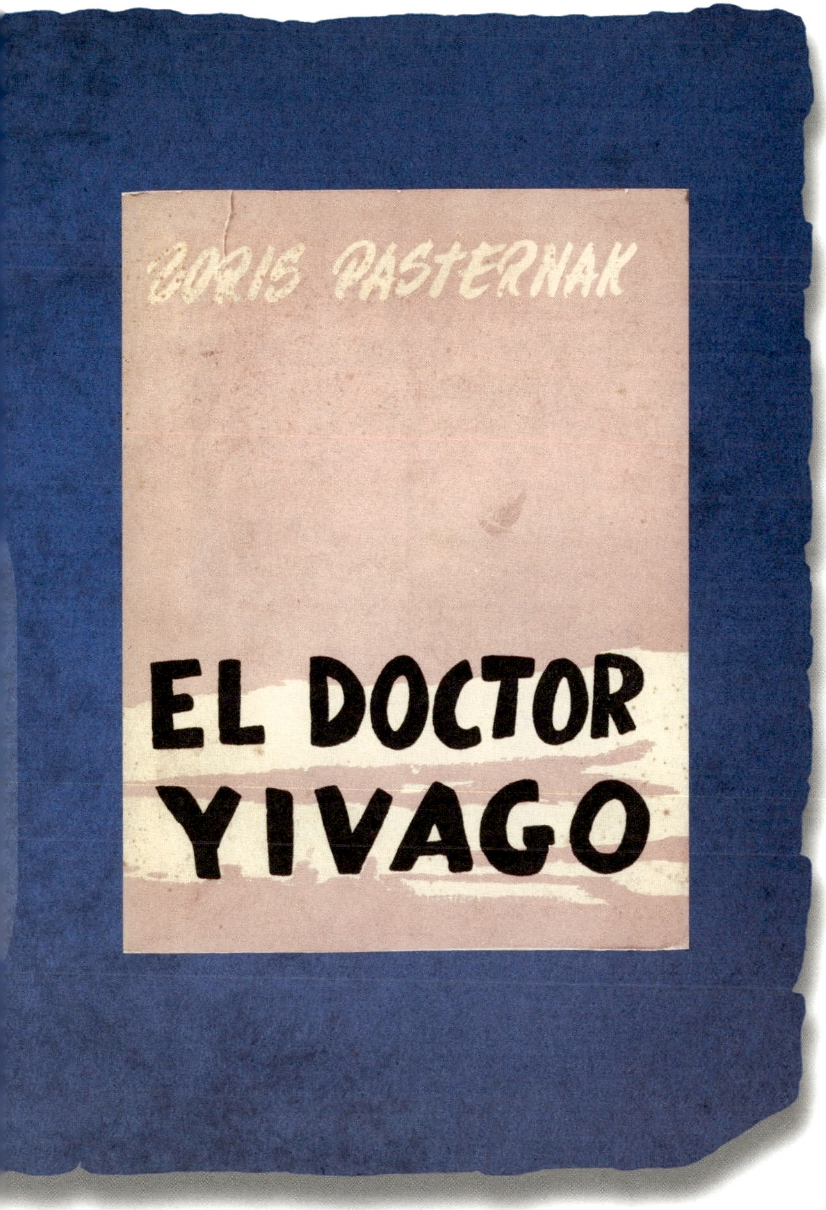
BORIS PASTERNAK
EL DOCTOR
YIVAGO

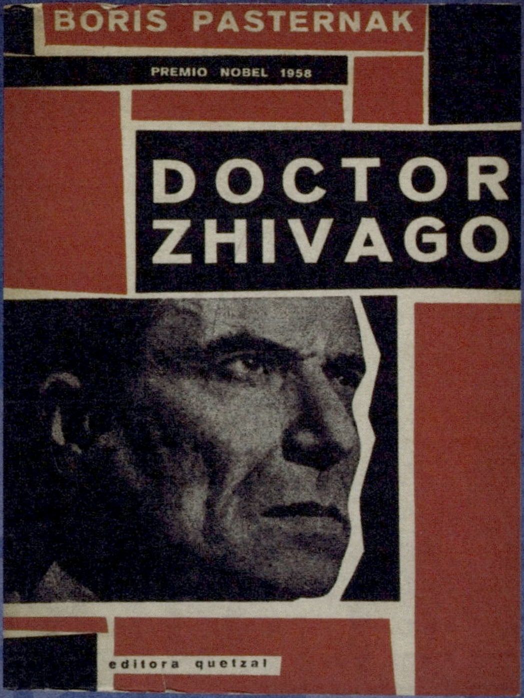

《日瓦戈医生》概要，封面：
绿咬鹃出版社，布宜诺斯艾利斯，
1958年，94页，5 1/2 × 7 1/2

桃出版社买下了一万两千册索引出版社的版本。

这个版本的译者是胡安·罗夫莱多（Juan Robledo）。前几页上印有这本书由小胡安·卡斯塔诺拉（Juan Castanola y Hijo）印刷于1958年12月26日的字样（里约热内卢 735，布宜诺斯艾利斯）。上面提到法文译本，显然是从法文翻译的。这个版本上同样声明了布宜诺斯艾利斯索引出版社1958年的版权。这个版本的稀缺让我猜测，或许这一万两千册几乎没有被发行和贩卖。

在这三个阿根廷版本中，只有第一个和第二个最终到了对簿公堂的地步。在针对铁匠出版社和联合发行出版公司的案件中，我们可以发现另外两个出版社的名字被提到了发行人为迪奥尼西奥·卡洛斯·萨恩斯（Dionisio Carlos Sáenz）的绿咬鹃出版社（Quetzal Editora）和格拉福斯出版社（Ediciones Graphos）。绿咬鹃出版社出版过一个加布里埃尔·希门尼斯·科雷亚（Gabriel Jimenez Correa）撰写的《日瓦戈医生》概要。（见图31）这本书的底页标注，出版时间为1958年11月20日，由危地马拉的克萨尔特南戈市阿尔图格兄弟出版公司出版，并在阿根廷以及其他拉丁美洲地区发行。很明显，它使用了之前由俄罗斯侨民组织“人民劳动联合会”（Narodno-trudovoi soiuz，NTS）出版的周刊《播种》（*Posev*）上从1958年11月16日到1958年12月7日连载的概要。我找不到任何格拉福斯版如何卷入日瓦戈事件的相关信息。

以上描述是关于《日瓦戈医生》出版史的一部分，但是对铁匠出版社老板德梅特里奥·卡斯塔尼奥拉和其他人的诉讼引向了复杂局面，足以作为这本小说在冷战时代传播的复杂性的案例研究。简而言之，特松内感到，在任何法律纠纷上，菲尔特里奈利都不必要出示同帕斯捷尔纳克签订的合同；意大利语译本是这本小说的首个版本，是尽人皆知的，这就足以保护他的版权了。当铁匠出版社的律师坚持要见到合同时，特松内和菲尔特里奈利发送了一份特松内认为是“爆炸性的文件”的复印件，并强调这只是用来表达他们的真诚，这份文件不应该被包括进法律流程或者以任何形式公之于众。为了驳回关于这份合同真实性的质疑，核桃出版社的代理律师（同时非直接地代理菲尔特里奈利）提出，向帕斯捷尔纳克发送调查委托书，证明这份文件上的签名是真的。这件事在米兰造成了巨大危机，因为这个请求让帕斯捷尔纳克一下陷入困境。菲尔特里奈利和特松内要求核桃出版社的律师立即终止这个请求。这是在菲尔特里奈利关于自己版权的法律纠纷中最严重的一次危机，因为这事关帕斯捷尔纳克的安全。同时，菲尔特里奈利和核桃出版社的形象将变成为了金钱而出卖帕斯捷尔纳克，随之而来的将是各种各样对他们具有消极意义的批判。

在过去的几次情况下，菲尔特里奈利也曾被要求出示合同（关于电影的商谈和法律纠纷，与密歇根大学出版社关于俄文版和希腊出现的盗版等等的纠纷）。但是他和特松内从来没有违背他们不出示合同的原则。这次的例外被证明是灾难性的，并且明示出，人性、道德、商务、法律上的错综复杂，才是日瓦戈事件的核心。

这就是一切针对铁匠出版社和其他阿根廷盗版的法律诉讼的后果。2012年布宜诺斯艾利斯宪法法院将有关核桃出版社与铁匠出版社一案*的两份法庭判决发布在网站上（1959年5月5日的一审和1959年9月1日的二审）。核桃出版社和菲尔特里奈利败诉，而盗版者们胜诉。但是，这是一次策划好的失败。核桃出版社和菲尔特里奈利赢得了道义上的胜利，他们将保护鲍里斯·帕斯捷尔纳克的道德和人身安全放在了首要位置。

---

* 见 www.constitucionweb.com/2012/11editorial-forjador-y-otros-sdefraudacion-dederechos-de-derechos-de-autor-cncrim-corr-sala-iv-0109959-editorial-noguer-s-a-fallos-252262-1962.html。

图片列表

关于衬页的说明：衬页为第一个意大利语版本的两个不同样式。在第一个样式中，作者的名字是用带点的字母i拼成的，在帕斯捷尔纳克中的第二个a上也没有重音符号（Boris Leonidovi Pasternak）。第二个样式中，也就是此后一直沿用的（即1957年11月30日后），在对应位置打上了变音符号（在Borìs和Leonìdovi上），并将第一个样式中的Pasternak改为了Pasternàk。

图1 鲍里斯·帕斯捷尔纳克的照片，别列捷尔金诺，1959年，帕斯捷尔纳克家族藏品，胡佛研究所档案馆。

Figure 1 Photography of Boris Pasternak in Peredelkino,1959,Pasternak Family Collection,Hoover Institution Archives.

图2 《日瓦戈医生》早期版本之一的首页，全息墨水成像，1947年。

Figure 2 First Page of an Early version of *Doctor Zhivago*,ink holograph,1947,Pasternak Family Collection,Hoover Institution Archives.

图3 穆顿版，扉页；菲尔特里奈利（穆顿），米兰（海牙），1958年，T. 欧文和谢尔丽·霍里茨曼藏品，胡佛研究所档案馆。

Figure 3 Mouton edition,title page;Feltrinelli [Mouton],Milan [The Hague],1958,Irwin T. and Shirley Holtzman Collection,Hoover Institution Archives.

图4 密歇根第一个俄文版，扉页；密歇根大学出版社，安娜堡，1959年，帕斯捷尔纳克家族基金会，斯坦福大学图书馆系统，特殊馆藏部。

Figure 4 Michigan first Russian edition,title page;the University of Michigan Press,Ann Arbor,1959,Pasternak Trust Collection,Stanford University Libraries,Department of Special Collections.

图5 密歇根大学第三个俄文版，护封；密歇根大学出版社，安娜堡，1967年，T. 欧文和谢尔丽·霍里茨曼藏品，胡佛研究所档案馆。

Figure 5 Michigan third Russian edition,dust jacket;the University of Michigan Press,Ann Arbor,1967,Irwin T. and Shirley Holtzman Collection, Hoover Institution Archives.

图6 菲尔特里奈利的第一个俄文版，护封；菲尔特里奈利，米兰，1959年，T. 欧文和谢尔丽·霍里茨曼藏品，胡佛研究所档案馆。

Figure 6 Feltrinelli first Russian edition,dust

jacket;Feltrinelli Milan,1959,Irwin T. and Shirley Holtzman Collection,Hoover Institution Archives.

图7 中央情报局制作的口袋书封面（第一卷）及扉页（第二卷）；世界出版和印刷公司［虚构的出版机构］，巴黎［华盛顿］，1959年，T. 欧文和谢尔丽・霍里茨曼藏品，胡佛研究所档案馆。

Figure 7 Pocket book edition produced by the CIA,cover (volume 1) and title page (volume 2);société d'Édition et d'Impression Mondiale [fictitious publisher],Paris [Washington],1959,Irwin T. and Shirley Holtzman Collection, Hoover Institution Archives.

图8 菲尔特里奈利的第二个俄文版，扉页；菲尔特里奈利，米兰，1961年，保罗・曼科苏藏品。

Figure 8 Feltrinelli second Russian edition,title page; Feltrinelli,Milan,1961,Paolo Mancosu Collection.

图9 菲尔特里奈利简装俄文版，封面；菲尔特里奈利，米兰，1978年，T. 欧文和谢尔丽・霍里茨曼藏品，胡佛研究所档案馆。

Figure 9 Feltrinelli Russian paperback edition,cover; Feltrinelli Milan,1978,Irwin T. and Shirley Holtzman Collection,Hoover Institution Archives.

图10 傅勒贡版，伦敦，1964年，第一版，封面；土地与工厂［傅勒贡］，莫斯科［伦敦］，1964年，保罗・曼科苏

藏品。

Figure 10 Flegon edition,London,1964,first variant,cover;Zemlia i Fabrika [Flegon],Moscow [London],1964,Paolo Mancosu Collection.

图11 傅勒贡版，伦敦，1964年，第二版，封面；土地与工厂［傅勒贡］，莫斯科［伦敦］，1964年，保罗·曼科苏藏品。

Figure 11 Flegon edition,London,1964,second variant,cover;Zemlia i Fabrika [Flegon],Moscow [London],1964,Paolo Mancosu Collection.

图12 苏联发行的一个俄文单行本（卷一和卷二）；瓦加，维尔纽斯，1988年，223页（卷一）和254页（卷二），T. 欧文和谢尔丽·霍里茨曼藏品，胡佛研究所档案馆。

Figure 12 First Russian edition published in the USSR in book format (volume I and II);Vaga, Vilnius, 1988, Irwin T. and Shirley Holtzman Collection,Hoover Institution Archives.

图13《意见》，封面，1957年，感谢乔安娜·克孜尔撒卡和华沙波兰民族图书馆。

Figure 13 *Opinie*,1957,cover,coutest of Joanna Kędzielska and Biblioteka Narodowa [Warsaw].

图14 第一个波兰语版本，封面，波兰文学院，巴黎，1959年，T. 欧文和谢尔丽·霍里茨曼藏品，胡佛研究所档案馆。

Figure 14 First Polish edition,cover;Instytut Literacki, Paris,1959,Irwin T. and Shirley Holtzman Collection,Hoover Institution Archives.

图15 第二个波兰语版本，扉页；波兰文学院，巴黎，1967年，保罗·曼科苏藏品。

Figure 15 Second Polish edition,title page;Instytut Literacki,Paris,1967,Paolo Mancosu Collection.

图16 第三个波兰语版本，在波兰印刷并发行，第一种，封面；文学之翼，1983年，保罗·曼科苏藏品。

Figure 16 Third Polish edition,printed and distributed in Polan,first variant,cover;Oficyna Literacka,1983,Paolo Mancosu Collection.

图17 第三个波兰语版本，在波兰印刷并发行，第二种，封面；文学之翼，1983年，感谢华沙的亚努斯·德尔泽乌斯基。

Figure 17 Third Polish edition,printed and distributed in Poland,second variant,cover;Oficyna Literacka,1983,courtesy of Janusz Drzewucki (Warsaw).

图18 拉脱维亚语版本，护封；伊曼塔，哥本哈根，1959年，保罗·曼科苏藏品。

Figure 18 Latvian edition,dust jacket;Imanta,Copenhagen,1959,Paolo Mancosu Collection.

图19 爱沙尼亚语版本，护封；自由爱沙尼亚出版社，斯德哥尔摩，1960年，保罗·曼科苏藏品。

Figure 19 Estonian edition,dust jacket;Kirjastus Vaba Eesti,Stockholm,1960,Paolo Mancosu Colleciton.

图20 塞尔维亚—克罗地亚语版本，拉丁版，护封（卷二）；教育出版社，贝尔格莱德，1962年，保罗·曼科苏藏品。

Figure 20 Serbo-Croatian edition,Latin variant,dust jacket (volume II); Prosveta,Belgrade,1962,Paolo Mancosu Collection.

图21 塞尔维亚—克罗地亚语版本，基里尔版，封面（卷二）；教育出版社，贝尔格莱德，1962年，保罗·曼科苏藏品。

Figure 21 Serbo-Croatian edition,Cyrillic variant,cover (volume II);Prosveta,Belgrade,1962,Paolo Mancosu Collection.

图22 斯洛文尼亚语版本，封面（卷一），山克尔出版公司，卢布雅尔那，1967年，保罗·曼科苏藏品。

Figure 22 Slovenian edition,cover (volume I);Cankarjeva zalo zalozba,Ljubljana,1967,Paolo Mancosu Collection.

图23 斯洛伐克语版本，护封；塔特兰，布拉提斯拉瓦，1969年，保罗·曼科苏藏品。

Figure 23 Slovak edition,dust jacket;Tatran,Bratislav a,1969,Paolo Mancosu Collection.

图24 第一个巴西版本，封面；伊塔蒂亚亚出版社，美景市，1958年，保罗・曼科苏藏品。

Figure 24 First Brazilian edition,cover;Editora Itatiaia,Belo Horizonte,1958,Paolo Mancosu Collection.

图25 第二个巴西版本，封面；伊塔蒂亚亚出版社，美景市，1959年，保罗・曼科苏藏品。

Figure 25 Second Brazilian edition, cover; Editora Itatiaia, Belo Horizonte, 1959, Paolo Mancosu Collection.

图26 西班牙和墨西哥的版本，护封；核桃出版社，巴塞罗那—墨西哥，1958年，保罗・曼科苏藏品。

Figure 26 Spanish-Mexican edition,dust jacket;Noguer,Barcelona-Mexico,1958,Paolo Mancosu Collection.

图27 第一个乌拉圭版本，护封；密涅瓦出版社，蒙得维的亚，1958年，保罗・曼科苏藏品。

Figure 27 First Uruguayan edition,dust jacket;Editorial Minerva,Montevideo,1958,Paolo Mancosu Collection.

图28 第二个乌拉圭版本，封面；西塞罗出版社，蒙得维的亚，1959年，保罗・曼科苏藏品。

Figure 28 Second Uruguayan edition,dust jacket;Editorial Minerva,Montevideo,1959,Paolo Mancosu Collection.

图29 第一个阿根廷版本，封面；铁匠出版社，布宜诺斯艾利斯，1958年，保罗·曼科苏藏品。

Figure 29 First Argentine edition,cover;Editorial El Forjador,Buenos Aires, 1958,Paolo Mancosu Collection.

图30 第二个阿根廷版本，封面；索引出版社，布宜诺斯艾利斯，1958年，保罗·曼科苏藏品。

Figure 30 Second Argentine edition,cover;Ediciones Indice, Buenos Aires, 1958,Paolo Mancosu Collection.

图31 《日瓦戈医生》概要，封面；绿咬鹃出版社，布宜诺斯艾利斯，1958年，保罗·曼科苏藏品。

Figure 31 Digest of *Doctor Zhivago*, cover;Editora Quetzal,Buenos Aires, 1958,Paolo Mancosu Collection.

参考文献

未出版资料

Fondo Giangiacomo Feltrinelli,Milan:Dossiers Geisenheyner,Pardo, Tesone.

范多·詹贾科莫·菲尔特里奈利，米兰：盖森海伊内尔、帕尔多、特松内的文件。

CIA documents related to *Doctor Zhivago*:available on line at www.foia.cia.gov/collection/doctor-zhivago

美国中央情报局关于《日瓦戈医生》的文件：www.foia.cia.gov/collection/doctor-zhivago

已出版资料

Afiani,V. I.,and Tomilina, N. G.,eds.2001.*A za mnoiu shum pogoni:Boris Pasternak i vlast':dokumenty 1956-1972*,ROSSPĖN,Moscow.

V. I. 阿菲雅尼，N. G. 托米琳娜编，《“我身后是追捕的喧闹”：帕斯捷尔纳克与当局，1956—1972档案》，莫斯科：俄罗斯政治百科全书出版社，2001年。（俄文）

Araújo,M.1958,*Para comprender* O Doutor Jivago, COPAC,Rio de Janeiro.

M. 阿拉乌如，《理解“日瓦戈医生”》，里约热内卢：COPAC，1958年。（葡萄牙文）

Barnes,C.1998. *Boris Pasternak,a Literary Bibliography*,vol. 2.1928-1960, Cambridge University Press,Cambridge.

C. 巴恩斯，《鲍里斯·帕斯捷尔纳克，文学研究书目》，第二卷，1928—1960，剑桥：剑桥大学出版社，1998年。（英文）

D'Angelo,S.2006.*Il Caso Pasternak*,Bietti,Milano. English translation downloadable at www.pasternakbydangelo.com/wp-content/uploads/TestoPasternak-en-intero.pdf.

S. 德安杰罗，《日瓦戈事件》，米兰：Bietti, 2006年；英文译本见网址www.pasternakbydangelo.com/wp-content/uploads/TestoPasternak-en-intero.pdf。（意大利文）

Feltrinelli,C.1999.*Senior Service*,Feltrinelli Editore,Milano.Translated into English,with a few cuts,as *Senior Service*,Granta Books,London,2001.

The American edition,published in 2001 by Harcourt,cuts several additional important parts of the book.

C. 菲尔特里奈利，《皇家海军》，米兰：菲尔特里奈利出版社，1999年。（意大利文）英文译本有删节，《皇家海军》，伦敦：格兰塔图书，2001年。美国版由哈考特出版公司发行，在英国版基础上删除了本书一些重要部分。

Finn,P., and Couvée,P.2014.*The Zhivago Affair*,Pantheon,New York.

P. 芬恩，P. 库维，《“日瓦戈事件”始末》，纽约：万神殿出版社，2014年。（英文）

Fleishman,L.2009.Vstrecha russkoi emigratsii s Doktorom Zhivago:Boris Pasternak I “kholodnaia voina,”*Stanford Slavic Studies* (vol. 38),Stanford.（The encounter of the Russian émigré community with Doctor Zhivago:Boris Pasternak and the “Cold War.”）

L. 弗莱施曼，《俄罗斯侨民与“日瓦戈医生”相识：鲍里斯·帕斯捷尔纳克与“冷战”》，斯坦福：《斯坦福斯拉夫研究》，第38卷，2009年。（俄文）

Garcia,Ivan.and San Vicente,Richard. 2011.“Sobre ‘El doctor Jivago’ i les seves versions” (in Catalan),*TRILCAT*,1,45 pages,accessible online.

伊万·加西亚，理查德·圣文森特，《关于“日瓦戈医生”和它的几个版本》，*TRILCAT*，1，45页，2011年，有网络版。

（加泰罗尼亚语）

"In the shadow of *Doctor Zhivago*,"interview of Fedecki by Anna Żebrowska, *Prezeglad*,issue 46,2003.(in Polish; full interview translated into English at www.zhivagostorm.org)

安娜·泽布罗夫斯卡,《日瓦戈医生的阴影下》，费德斯基专访,《观察》，第46期，2003年。（波兰文；英文译本见网址：www.zhivagostorm.org）

Le Dossier de l'Affaire Pasternak,Archives du Comité Central et du Politburo, 1994.Préface de Jacqueline de Proyart,Gallimard,Paris.

《日瓦戈事件档案，中央委员会和政治局档案》，雅克琳·德·普罗亚作序，巴黎：伽利玛出版社，1994年。（法文）

Mancosu,P.2013.*Inside the Zhivago Storm:The Editorial Adventures of Pasternak's Masterpiece*,Feltrinelli,Milan.

P. 曼科苏,《日瓦戈风暴中：帕斯捷尔纳克杰作的编辑历程》，米兰：菲尔特里奈利出版社，2013年。（英文）

Pasternak,B.1957.*Il Dottor Živago.Romanzo*,translated by Pietro Zveteremich,Feltrinelli,Milan.(Italian)

B. 帕斯捷尔纳克,《日瓦戈医生：长篇小说》，皮德罗·兹威特列米奇译，米兰：菲尔特里奈利出版社，1957年。（意大利文）

Pasternak,B.1958a.*El Doctor Yivago*,translated by

Vladimir Koslov and Jorge Diez Cardoso,Ediciones Capricornio,Mexico (Spanish)
B. 帕斯捷尔纳克,《日瓦戈医生》，弗拉基米尔 · 科兹洛夫和豪尔赫 · 迭卡多佐译，墨西哥城：摩羯出版社，1958年。（西班牙文）

Pasternak,B.1958b.*El Doctor Jivago*, translated by Fernando Gutiérrez, Noguer,Barcelona-Mexico. (Spanish)
B. 帕斯捷尔纳克,《日瓦戈医生》，费尔南多 · 古铁雷斯译，巴塞罗那—墨西哥城：核桃出版社，1958年。（西班牙文）

Pasternak,B.1958c.*El Doctor Yivago*,translated by Juan Robledo,Ediciones Indice,Buenos Aires. (Spanish)
B. 帕斯捷尔纳克,《日瓦戈医生》，胡安 · 罗夫莱多译，布宜诺斯艾利斯：索引出版社，1958年。（西班牙文）

Pasternak,B.1958d.*El Doctor Yivago*,El Forjador,Buenos Aires.(Spanish)
B. 帕斯捷尔纳克,《日瓦戈医生》，布宜诺斯艾利斯：铁匠出版社，1958年。（西班牙文）

Pasternak,B.1958e.*El Doctor Zhivago*, translated by Vicente Oliva, Minerva,Montevideo.(Spanish)
B. 帕斯捷尔纳克,《日瓦戈医生》，文森特 · 奥利瓦译，蒙特维迪亚：密涅瓦出版社，1958年。（西班牙文）

Pasternak,B.1958f.*Doctor Zhivago*,Editora Quetzal.(Spanish)

B. 帕斯捷尔纳克,《日瓦戈医生》,绿咬鹃出版社，1958年。（西班牙文）

Pasternak,B.1958g.*O Doutor Jivago*,translated by Oscar Mendes and Milton Amado,Editora Itatiaia,Belo Horizonte,first edition.(Portuguese)

B. 帕斯捷尔纳克,《日瓦戈医生》奥斯卡 · 门德斯和弥尔顿 · 阿马多译，美景市：伊塔蒂亚亚出版社，1958年，第一版。（葡萄牙文）

Pasternak,B.1958h.*Doktor Zhivago.Roman*,Feltrinelli(-Mouton),Milan(-The Hague).(Russian)

B. 帕斯捷尔纳克,《日瓦戈医生：长篇小说》，米兰：菲尔特里奈利出版社；海牙：穆顿出版社，1958年。（俄文）

Pasternak,B.1958i.*Le Docteur Jivago*,translated by Michel Auouturier, Louis Martinez,Hélène Peltier,and Jacqueline de Proyart,Gallimard,Paris. (French)

B. 帕斯捷尔纳克,《日瓦戈医生》，米歇尔 · 奥乌图利尔、路易 · 马丁内、伊莲 · 佩尔提耶、雅克琳 · 德 · 普罗亚译，巴黎：伽利玛出版社，1958年。（法文）

Pasternak,B.1958j.*Doctor Zhivago*, translated by Max Hayward and Manya Harari,Collins Press,London.(English)

B. 帕斯捷尔纳克,《日瓦戈医生》，马克斯 · 海伍德和曼

亚 · 哈拉里译，伦敦：柯林斯出版社，1958年。(英文)

Pasternak,B.1958k.*Doctor Zhivago*,with revisions to the English translation,Pantheon,New York.(English)
B. 帕斯捷尔纳克,《日瓦戈医生》(修订版)，纽约：万神殿出版社，1958年。(英文)

Pasternak,B.1958l.*Doktor Schiwago*,translated by Reinhold von Walter, Fischer,Frankfurt.(German)
B. 帕斯捷尔纳克,《日瓦戈医生》，莱茵霍德 · 范 · 瓦尔特译，法兰克福：费舍出版社，1958年。(德文)

Pasternak,B.1959a.*El Doctor Yivago*,translated by Juan Manuel Alfieri, Editorial Ciceron,Montevideo.(Spanish)
B. 帕斯捷尔纳克,《日瓦戈医生》，胡安 · 马努埃尔 · 阿尔菲耶译，蒙得维的亚：西塞罗出版社，1959年。(西班牙文)

Pasternak,B.1959b.*O Doutor Jivago*,translated by Oscar Mendes and Milton Amado,Editora Itatiaia,Belo Horizonte.Second edition.(Portuguese)
B. 帕斯捷尔纳克,《日瓦戈医生》，奥斯卡 · 门德斯和弥尔顿 · 阿马多译，美景市：伊塔蒂亚亚出版社，1959年，第二版。(葡萄牙文)

Pasternak,B.1959c.*Doktor Zhivago.Roman*,société d'Édition et d'Impression Mondiale,Paris(in reality Washington).(two variants:in one volume and in two)

B. 帕斯捷尔纳克，《日瓦戈医生：长篇小说》，巴黎（事实上为华盛顿）：世界出版和印刷公司，1959年（两种：第一种为一卷本，第二种为两卷本）。

Pasternak,B.1959d.*Doktor Zhivago.Roman*,the University of Michigan Press,Ann Arbor.First printing.(Russian)

B. 帕斯捷尔纳克，《日瓦戈医生：长篇小说》，安娜堡：密歇根大学出版社，1959年，第一次印刷。（俄文）

Pasternak,B.1959e.*Docktor Zhivago.Roman*,the University of Michigan Press,Ann Arbor.Second printing.(Russian)

B. 帕斯捷尔纳克，《日瓦戈医生：长篇小说》，安娜堡：密歇根大学出版社，1959年，第二次印刷。（俄文）

Pasternak,B.1959f.*Doktors Živago.Romans*,translated by Pavil Klan(aka Paul Kovalevski),Imanta,Copenhagen.(Latvain)

B. 帕斯捷尔纳克，《日瓦戈医生：长篇小说》，巴维尔·克兰（即保罗·科瓦列夫斯基）译，哥本哈根：伊曼塔，1959年。（拉脱维亚语）

Pasternak,B.1959g.*Doctor Zhivago*,Feltrinelli,Milan.(Russian)

B. 帕斯捷尔纳克，《日瓦戈医生》，米兰：菲尔特里奈利，1959年。（俄文）

Pasternak,B.1959h.*Doktor Ziwago*,translated by Paweł Hostowiec (aka Jerzy Stempowski),Instytut Literacki, Biblioteka "Kultury,"vol.XLIV,Paris. (Polish)

B. 帕斯捷尔纳克,《日瓦戈医生》, 巴维尔 · 霍斯托维奇(即耶日 · 斯坦姆波夫斯基)译, 巴黎 : 波兰文学院"文化"图书馆, 第44期, 1959年。(波兰文)

Pasternak,B.1960.*Doktor Živago*,translated by Artur Adson and Marie Under, Kirjastus Vaba Eesti,Stockholm. (Estonian)

B. 帕斯捷尔纳克,《日瓦戈医生》, 阿尔图尔 · 艾德森和玛丽 · 安德译, 斯德哥尔摩 : 自由爱沙尼亚出版社, 1960年。(爱沙尼亚文)

Pasternak,B.1961.*Doktor Zhivago*,Feltrinelli,Milan. (Russian)

B. 帕斯捷尔纳克,《日瓦戈医生》, 米兰 : 菲尔特里奈利, 1961年。(俄文)

Pasternak,B.1962a.*Doktor Živago*,translated by Olga Vlatkovič, Prosveta, Belgrade.(Serbo-Croatian Latin variant)(in two volumes)

B. 帕斯捷尔纳克,《日瓦戈医生》, 奥尔加 · 弗拉特科维奇译, 贝尔格莱德 : 教育出版社, 1962年。(拉丁字母版, 两卷本; 塞尔维亚一克罗地亚文)

Pasternak,B.1962b.*Doktor Živago*,translated by Olga Vlatkovič, Prosveta, Belgrade.(Serbo-Croatian

Cyrillic variant)(in two volumes)
B. 帕斯捷尔纳克,《日瓦戈医生》，奥尔加 · 弗拉特科维奇译，贝尔格莱德：教育出版社，1962年。(基里尔字母版，两卷本；塞尔维亚—克罗地亚文)

Pasternak,B.1964a.*Doktor Zhivago.Roman*,Zemlia i Fabrika,Moscow (in reality,Flegon Press,London).(Russian)(blue and red cover)
B. 帕斯捷尔纳克,《日瓦戈医生：长篇小说》，莫斯科：土地与工厂出版社(事实上为伦敦的傅勒贡出版社),1964年。(蓝红封面；俄文)

Pasternak,B.1964b.*Doktor Zhivago.Roman*,Zemlia i Fabrika,Moscow (in reality,Flegon Press,London).(Russian)(white and red cover)
B. 帕斯捷尔纳克,《日瓦戈医生：长篇小说》，莫斯科：土地与工厂出版社(事实上为伦敦的傅勒贡出版社),1964年。(白红封面；俄文)

Pasternak,B.1967a.*Doktor Živago*,translated by Zora Jesenká,Tatran, Bratislava. (Slovak)
B. 帕斯捷尔纳克,《日瓦戈医生》，左拉 · 叶森卡译，布拉迪斯拉瓦：塔特兰，1967年。(斯洛伐克文)

Pasternak,B.1967b.*Doktor Zhivago.Roman*,the University of Michigan Press,Ann Arbor.Third revised edition.(Russian)
B. 帕斯捷尔纳克,《日瓦戈医生：长篇小说》，安娜堡：密

歇根大学出版社，1967年，第三次修订版。(俄文)

Pasternak,B.1967c.*Doktor Źiwago*,translated by Pawel Hostowiec(aka Jerzy Stempowski),Instytut Literacki,Biblioteka “Kultury,”vol.XLIV,Paris. (Polish)
B. 帕斯捷尔纳克,《日瓦戈医生》，巴维尔 · 霍斯托维奇 (即耶日 · 斯坦姆波夫斯基), 巴黎 : 波兰文学院“文化”图书馆，第44期，1967年。(波兰文)

Pasternak,B.1967d.*Doktor Živago*, translated by Janko Moder,Cankarjeva zalozba,Ljubljana.(Slovenian)(in two volumes)
B. 帕斯捷尔纳克,《日瓦戈医生》，扬科 · 莫德尔译，卢布尔雅那 : 山克尔出版社，1967年。(两卷本 ; 斯洛文尼亚文)

Pasternak,B.1976.*Doktor Zhivago.Roman*, the University of Michigan Press, Ann Arbor.Fourth printing.(Russian)
B. 帕斯捷尔纳克,《日瓦戈医生 : 长篇小说》，安娜堡 : 密歇根大学出版社，1976年，第四次印刷。(俄文)

Pasternak,B.1978.*Doktor Zhivago*,Feltrinelli,Milan.(Russian)
B. 帕斯捷尔纳克,《日瓦戈医生》，米兰 : 菲尔特里奈利，1978年。(俄文)

Pasternak,B.1983a.*Doktor Živago*,translated by Paweł Hostowiec (aka Jerzy Stempowski),Oficyna

Literacka.(Polish, first variant)
B. 帕斯捷尔纳克，《日瓦戈医生》，巴维尔·霍斯托维奇（即耶日·斯坦姆波夫斯基）译，文学之翼，1983年。（第一种，波兰文）

Pasternak,B.1983b.*Doktor Živago*,translated by Paweł Hostowiec (aka Jerzy Stempowski),Oficyna Literacka(Polish,second variant)
B. 帕斯捷尔纳克，《日瓦戈医生》，巴维尔·霍斯托维奇（即耶日·斯坦姆波夫斯基）译，文学之翼，1983年。（第二种，波兰文）

Pasternak,B.1988a.*Doktor Zhivago*,Vaga,Vilnius.(Russian)(in two volumes)
B. 帕斯捷尔纳克，《日瓦戈医生》，维尔纽斯：瓦加，1988年。（两卷本；俄文）

Pasternak,B.1988b.*Zsivago doktor:Regény*,Európa Könyvkiadó,Budapest. (Hungarian)
B. 帕斯捷尔纳克，《日瓦戈医生：长篇小说》，布达佩斯：欧洲出版社，1988年。（匈牙利文）

Pasternak,B.1990.*Doktor Živago*,Lidové nakl.,Prag.(Czech)
B. 帕斯捷尔纳克，《日瓦戈医生》，布拉格：人民出版社，1990年。（捷克文）

Pasternak,B.1994.*Lettres à mes amies françaises, 1956-1960*,Introduction et Notes de Jacqueline de Proyart,Gallimard,Paris.

B. 帕斯捷尔纳克,《致法国朋友们的信，1956—1960》，雅克琳·德·普罗亚作序并注释，巴黎：伽利玛出版社，1994年。(法文)

Platt,D.,ed.2001.*Jan Nowak-Jeziorański,Jerzy Giedroyc,Listy 1952-1998*,Towarzystwo Przyjaciół Ossolineum,Wrokław.

D. 普拉特编,《扬·诺瓦克－叶泽兰斯基—耶日·基德罗伊斯1952—1998年书信集》，弗洛克瓦夫：奥索利内之友协会，2001年。(波兰文)

Proffer,C.1987.*The Widows of Russia and Other Writings*,Ardis,Ann Arbor.

C. 普洛菲尔,《俄国遗孀和其他写作》，安娜堡：阿尔迪斯出版社，1987年。(英文)

Reisch,A.2013.*Hot Books in the Cold War:The CIA-Funded Secret Western Book Distribution Program behind the Iron Curtain*,Central European University Press,Budapest.

A. 瑞希,《冷战时代的热门书：铁幕下中央情报局资助的西方秘密图书发行计划》，布达佩斯：中欧大学出版社，2013年。(英文)

Tolstoy,I.2009.Otmytyĭ Roman Pasternaka: Doktor Zhivago Mezhdu KGB i TsRU,Vremia,Moscow. (Pasternak's laundered novel:Doctor Zhivago between the KGB and the CIA.)

I. 托尔斯泰，《帕斯捷尔纳克小说的秘史：中央情报局与克格勃之间的〈日瓦戈医生〉》，莫斯科：时间出版社，2009年。（俄文）

Wójciak-Marek,M.2009."Pasternak i Pol'sha:Pervaia publikatsiia *Doktora Zhivago*,"in L. Fleishman,ed.,*The Life of Boris Pasternak's* Doctor Zhivago,Stanford,2009,pp.142-55.(in Russian)

M. 沃伊夏克－马列克，《帕斯捷尔纳克与波兰：日瓦戈医生最早的出版》，出自拉扎尔·弗莱施曼编，《鲍里斯·帕斯捷尔纳克的〈日瓦戈医生〉的生命》，斯坦福，2009年，第142—155页。（俄文）

Woroszylsky,W.1977.*Literatura,Powiesc*,Instytut Literacki,Paris.

W. 沃罗兹尔斯基，《文学，小说》，巴黎：波兰文学研究院，1977年。

译后记

一场关于出版历险的翻译历险结束了。这是一部作者不但无法影响读者“如何”阅读他的文本，甚至无法掌控读者读到“什么”文本的作品。在这个意义上，具有商品意义的图书封面成为包裹一个文本的各种神话的转喻。保罗·曼科苏教授这本收录有俄罗斯作家鲍里斯·帕斯捷尔纳克的长篇小说《日瓦戈医生》各个版本封面的《〈日瓦戈医生〉出版记》于2015年10月在斯坦福大学发布。它的发布会是帕斯捷尔纳克国际学术研讨会“二十世纪的诗歌与政治：鲍里斯·帕斯捷尔纳克、他的家庭、他的小说《日瓦戈医生》”的重头戏。这次会议的会期长达一周，由帕斯捷尔纳克研究的泰斗，斯坦福大学教授拉扎尔·弗莱施曼（著有《二十年代的鲍里斯·帕斯捷尔纳克》《鲍里斯·帕斯捷尔纳克与二十世纪三十年代的文学运动》《鲍里斯·帕斯捷尔纳克：诗人和他的政治》等专著）牵头，由斯坦福大学斯拉夫语言文学系和胡佛研究所联合主办的。在过去的三十年里，差不多每十年弗莱施曼教授都要组织一次这样规模的帕学盛会。每一次，帕斯捷尔纳克的家人和世界各地的帕学专家都会汇集到美国高科技中心硅谷，无心于特斯拉和谷歌的最新研发成果，而是用心于解密历史档案，探索诗行奥妙。

此次2015年的会议，诗人的儿媳、语言学家古斯塔夫·施佩特的孙女叶莲娜·帕斯捷尔纳克出席，诗人的外甥尼古拉·帕斯捷尔纳克－斯雷特，即利季娅·帕斯捷尔纳克的儿子也从伦敦赶来，并发布了帕斯捷尔纳克家族书信选的英文译本和母亲的诗歌作品集。与会学者来自俄罗斯、美国、英国、法国、意大利、瑞典、日本、以色列、爱沙尼亚等国家和地区，如莫斯科高等经济学院教授康斯坦丁·波利瓦诺夫、俄罗斯国立人文大学的教授尼古拉·博戈莫洛夫、俄罗斯国立文学与艺术档案馆研究员玛丽亚·拉什科夫斯卡娅、《剑桥俄罗斯诗歌导读》的作者普林斯顿大学教授迈克尔·瓦科特尔、近几年刚刚被引进中文世界的《帕斯捷尔纳克传》的作者德米特里·贝科夫、《当图书成为武器》的作者彼得·库维以及日本东京大学的俄罗斯和波兰文学教授沼野充义。最有趣的是，下诺夫哥罗德的学者列奥尼德·博尔舒辛首次揭秘了帕斯捷尔纳克学生时代所创作的几个小节的音乐，并当场还原播放，颇具斯克里亚宾的风格。本书译者，我也有幸在会上与诸位前辈分享一篇分析帕斯捷尔纳克早年诗作的论文。

在曼科苏这本专著的发布会之前，与会学者先参观了陈列于斯坦福大学胡佛塔一楼大厅的《日瓦戈医生》版本的展览。我们从胡佛塔出门向右转，便来到了胡佛档案馆的地下大厅。曼科苏走上讲台，分享了很多未能写入书中的历险。《〈日瓦戈医生〉出版记》并不是这位加州伯克利大学的数学哲学教授第一本关于帕斯捷尔纳克的书，除此之外他另著有一本《日瓦戈风暴中》。会上有人问他："你这位哲学系的教授为何会研究帕斯捷尔纳克？"他答道："我并不是文学学者，也不能像专业的文学学者那样作出深刻的文本分析和历史论述。但是作为一个自学生时代就学习俄语，热爱俄罗斯文学，特别是《日瓦戈医生》这部作品的人，我愿意尽我所能整理和收集一些资料。正如你们所知，我在伯克利的哲学系教书。有那么一段时间，我不得不做系主任，行政事务令我焦头烂额，时间被分割得很碎，无法沉下心来做哲学研究。我想，为什么不利用这段时间，做一些不那么需要整块时间思辨的资料整理工作呢？我当年攻读博士学位就在斯坦福，和弗莱施曼教授是老相识，我知道胡佛档案馆里有大量宝藏尚待挖掘。工作在伯克利也让我近水楼台，可以随时驱车南下到斯坦福来做研究。弗莱施曼教授非常鼓励我，我这便开始了研究。”曼科苏教授的话自然是过谦的，做过历史研究的同行都知道，搜集和整理历史材料亦并非易事。果然，一位在苏格兰格拉斯哥大学工作的意大利籍俄罗斯文学学者提问：“据我所知，菲尔特里奈利的后人对这些事缄口不言甚为保密，很多学者去找他们索取资料都碰了钉子，你是怎么取得的？”曼科苏说：“或许就是因为我不是文学界人士，才获得了他们的信任吧。”

正如读者所见，本书关注了美国、东欧和南美，并未涉及中国1986年12月漓江出版社出版的力冈、冀刚译本，1987年1月外国文学出版社出版的蓝英年、张秉恒译本，以及1987年6月湖南人民出版社出版的顾亚铃、白春仁译本。作为会上唯一一位中国的俄罗斯文学研究者，我就此向曼科苏提问。他回答说：“中文版本是非常有趣的

NOBEL PRIZE WINNING AUTHORS' WORKS

获诺贝尔文学奖作家丛书

第四辑

日瓦戈医生

〔苏联〕帕斯特尔纳克

（1958年宣布授予诺贝尔文学奖）

力冈 冀刚 译

漓江出版社

日瓦戈医生
〔苏联〕帕斯捷尔纳克 著
外国文学出版社

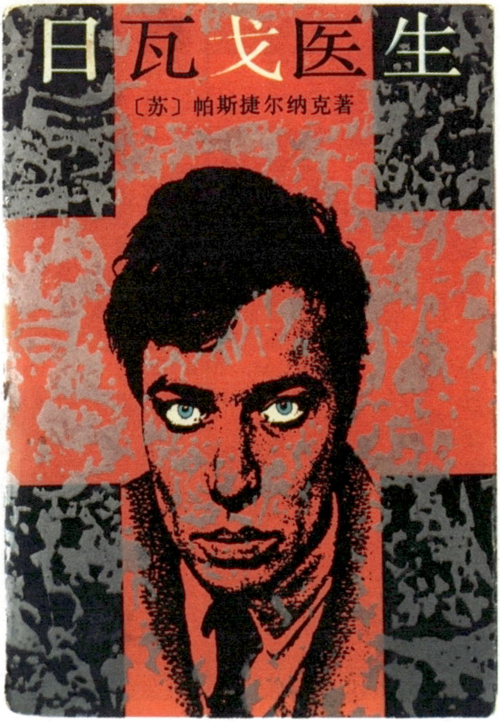
日瓦戈医生
〔苏〕帕斯捷尔纳克著

问题，我的研究过程中也碰到了，大陆的译本出现在八十年代，比苏联本土要早，台湾译本五十年代译自英语。我没有涉及大陆译本，是因为我希望聚焦的是冷战早期的文化政策与出版的问题，八十年代则超越了我这本书的历史视野。有趣的是，这也超越了帕斯捷尔纳克收藏专家霍利茨曼的视野。我没有涉及台湾译本，是出于对代表性的选择。台湾译本的出版，是与当时为了和美国的政策步调一致的指导思想分不开的。在这本书中，我力求厘清一些事实，表现出一种脉络，而不求面面俱到。”

曼科苏当时有所不知，我在会前已经由弗莱施曼教授将中国八十年代的三个版本转交于全世界最大的帕斯捷尔纳克相关档案材料收藏地——胡佛档案馆。读者正在阅读的这本书中，也就是曼科苏关于《日瓦戈医生》出版过程的中文版中，编辑附加了冷战末年中国大陆出版的三个版本的封面，算是曼科苏这本书在中国的出版历险的特别之处，也就是说本书可能是集中了最多的《日瓦戈医生》封面的一本出版物。我这篇译后记是在编辑魏东的提议下所写，特此感谢魏东严谨认真的编辑工作和为俄罗斯文学在中国的传播所作出的卓越贡献。感谢弗莱施曼教授和曼科苏教授对本书中译本的支持，以及胡佛档案馆的琳达·伯纳德为此书的出版给予的协助。本人水平有限，译文难免有疏漏不当之处，望读者见谅，批评指正。希望本书可以为中国的帕斯捷尔纳克研究学者提供有趣的视角和详实的资料，匡正一些当下帕斯捷尔纳克批评领域中人云亦云的谬见，同时希望本书能引领对俄罗斯文化和历史感兴趣的读者体验一本书的出版过程中的各种历险。

图书在版编目(CIP)数据

《日瓦戈医生》出版记/(美)保罗·曼科苏著;初金一译.—桂林:广西师范大学出版社,2018.5
(文学纪念碑)
ISBN 978-7-5598-0674-1

Ⅰ.①日… Ⅱ.①保… ②初… Ⅲ.①《日瓦戈医生》-小说研究 Ⅳ.①I512.072

中国版本图书馆 CIP 数据核字(2018)第 032115 号

出 品 人:刘广汉
策　　划:米　卡
责任编辑:陈　维
装帧设计:李婷婷
版式设计:王鸣豪

广西师范大学出版社出版发行
(广西桂林市五里店路 9 号　　邮政编码:541004
网址:http://www.bbtpress.com)
出版人:张艺兵
全国新华书店经销
销售热线:021-65200318　021-31260822-898
上海盛通时代印刷有限公司印刷
(上海市金山工业区广业路 568 号　邮政编码:201500)
开本:787mm×1 092mm　1/32
印张:4.5　　字数:80 千字
2018 年 5 月第 1 版　　2018 年 5 月第 1 次印刷
定价:48.00 元

文学纪念碑

Literary Monuments

丛书主持：米 卡

- **001** 《纳博科夫传：俄罗斯时期》
  （新西兰）布赖恩 · 博伊德 著 刘佳林 译
- **002** 《纳博科夫传：美国时期》
  （新西兰）布赖恩 · 博伊德 著 刘佳林 译
- **003** 《尼古拉 · 果戈理》
  （美）符拉基米尔 · 纳博科夫 著 刘佳林 译
- **004** 《玛丽娜 · 茨维塔耶娃：生活与创作》
  （俄）安娜 · 萨基扬茨 著 谷 羽 译
- **005** 《薇拉：符拉基米尔 · 纳博科夫夫人》
  （美）史黛西 · 希芙 著 李小均 译
- **006** 《黛安 · 阿勃丝传》
  （美）帕特丽西娅 · 博斯沃思 著 孙京涛 译
- **007** 《捍卫记忆：利季娅作品选》
  （俄）利季娅 · 丘可夫斯卡娅 著 蓝英年 徐振亚 译
- **008** 《寒冰的篝火：同时代人回忆茨维塔耶娃》
  （俄）利季娅 · 丘可夫斯卡娅等 著 苏 杭等 译

- **009** 《安娜·陀思妥耶夫斯卡娅回忆录》
  （俄）安娜·陀思妥耶夫斯卡娅 著 倪亮 译 耿海英 校

- **010** 《曼德施塔姆夫人回忆录》
  （俄）娜杰日达·曼德施塔姆 著 刘文飞 译

- **011** 《一八六七年日记》
  （俄）安娜·陀思妥耶夫斯卡娅 著 谷兴亚 译

- **012** 《同时代人回忆陀思妥耶夫斯基》
  （俄）阿·谢·多利宁 编 翁文达 译 耿海英 校

- **013** 《陀思妥耶夫斯基：反叛的种子，1821-1849》
  （美）约瑟夫·弗兰克 著 戴大洪 译

- **014** 《奥斯卡·王尔德传》
  （美）理查德·艾尔曼 著 萧易 译

- **015** 《缅怀玛丽娜·茨维塔耶娃：女儿的回忆》
  （俄）阿里阿德娜·艾伏隆 著 谷羽 译

- **016** 《同时代人回忆契诃夫》
  （俄）谢·尼·戈鲁勃夫 等编 倪亮 等译 耿海英 校

- **017** 《第二本书》
  （俄）娜杰日达·曼德施塔姆 著 陈方 译

- **018** 《陀思妥耶夫斯基：受难的年代，1850-1859》
  （美）约瑟夫·弗兰克 著 刘佳林 译

- **019** 《科雷马故事》
  （俄）瓦尔拉姆·沙拉莫夫 著 黄柱宇 唐伯讷 译

- **020** 《被禁锢的头脑》
  （俄）切斯瓦夫·米沃什 著 乌兰 易丽君 译

- **021** 《诗的见证》
  （俄）切斯瓦夫·米沃什 著 黄灿然 译

- **023** 《我的编年史：苔菲回忆录》
  （俄）苔菲 著 谷兴亚 译

- **024** 《〈日瓦戈医生〉出版记》
  （美）保罗·曼科苏 著 初金一 译

- **025** 《猎人的一年》
  （波兰）切斯瓦夫·米沃什 著 李以亮 译

- **026** 《旧金山海湾幻象》
  （波兰）切斯瓦夫·米沃什 著 胡 桑 译

- **027** 《站在人这边：米沃什五十年文选》
  （波兰）切斯瓦夫·米沃什 著 黄灿然 译

- **028** 《弗吉尼亚·伍尔夫传》
  （英）昆汀·贝尔 著 萧 易 译

- **029** 《纳博科夫传：俄罗斯时期》
  （新西兰）布赖恩·博伊德 著 刘佳林 译

- ***030*** 《纳博科夫传：美国时期》
  （新西兰）布赖恩 · 博伊德 著 刘佳林 译

- ***031*** 《时间的俘虏：与帕斯捷尔纳克在一起的日子》
  （俄）奥尔嘉 · 伊文斯卡娅 伊丽娜 · 叶梅利亚诺娃 著 李莎 译

- ***032*** 《塞缪尔·约翰生传》
  （美）W. 杰克逊 · 贝特 著 李凯平 译

- ***033*** 《生命是赌注：弗拉基米尔·马雅可夫斯基的革命与爱情》
  （瑞典）本特 · 扬菲尔德 著 糜绪洋 译

- ***034*** 《陀思妥耶夫斯基：自由的苏醒，1860-1865》
  （美）约瑟夫 · 弗兰克 著 戴大洪 译